京都如晤

苏枕书　著

图书在版编目（CIP）数据

京都如晤/苏枕书著. —北京：中华书局，2017.8
（2019.5重印）
ISBN 978-7-101-12674-7

Ⅰ.①京…　Ⅱ.①苏…　Ⅲ.①随笔－作品集－中国－
当代　Ⅳ.①I267.1

中国版本图书馆CIP数据核字(2017)第158658号

书　　名	京都如晤	
著　　者	苏枕书	
责任编辑	李世文	
出版发行	中华书局	
	（北京市丰台区太平桥西里38号　　100073）	
	http://www.zhbc.com.cn	
	E-mail:zhbc@zhbc.com.cn	
印　　刷	北京图文天地制版印刷有限公司	
版　　次	2017年8月北京第1版	
	2019年5月北京第2次印刷	
规　　格	开本 /889×1194 毫米　1/32	
	印张 8⅝　字数 150 千字	
印　　数	10001－16000册	
国际书号	ISBN 978-7-101-12674-7	
定　　价	58.00元	

目　录

序

前年夏天上海书展，枕书的《京都古书店风景》首发，一位十五六岁的女孩子站起来，第一句话就引发了哄堂大笑："枕书姐姐，我是读着你的书长大的……"在许多人眼里，十五六岁还没长大呢，说这话是不是太早了？何况枕书才二十多岁，十五六岁的小朋友能读几年她的书呢？

事后我默默算了一下：枕书开始大量写作、投稿和发表，始于她十七岁上了大学；小朋友如从七八岁有了自行阅读的能力，七八年追着读下来，说读她的书长大，怎么就没有这个资格？是我们"大人"又自以为是了，就像《小王子》开篇说的那样。

还是都怪枕书的文字生涯开始得太早啊，而她还永远那么一副学生气的萌萌的样子！

算下来，我认识枕书已超过十年，而刚相识时，她在年轻读者中已有一定影响。2007年9月，在夜行的火车上，一位山东大学中文系的学生主动和我聊起了他和同学们关注的文学新人，第一个就是"你们江苏的苏枕书"，让我吃了一惊。不过，一时取得成绩、引起关注容易，坚持下去就需要对精神层面无止无休地探求了。十年之后的今天，枕书出版了十七种书（这一部正是第十七种），其中当然有她擅长的小说、散文，有学术、文学名著的翻译作品，也有人文类的随笔著作，这些都构建出了她丰盈的心灵世界。现在她又致力于中日文化交流尤其是图书交流史的研究，在学术领域孜孜以求。不用说，未来的苏枕书也令人期待。

这十年里，与枕书以网络联系居多，相聚之日很少。最初是她还在国内念书，放假归来，偶尔约见，后来她去了日本，就更珍惜每一次的相见。她爱唱琴歌"长安一片月，万户捣衣声"，我便跟着哼，找出谱子来试弹。她要看花草，于是许多次，带她看濠南别业的藤花、博物苑的药圃、啬园的林木。

难得的是在异地相见。最先一次是在上海，带她认识了几位有趣的友人。最近一次是在北京，与友人参观了她的喵喵居，又一起逛书店，在街边看玉簪花，去南锣鼓巷寻访查阜西先生的故居残迹，那真是客流如水、斯人黯然的时刻。

我们都喜欢书，不愁没有话题；都写过书，亦可交换。她走到哪里都要带着书，哪怕等人的片刻光阴，也会利用来读书。有次她在报社相候，我来时，她正捧着大大厚厚的新版《吴梅村年谱》在读，真不怕累赘。我们最兴奋的事情，不是说买书，就是说读书的发现。我疑心她的大部分稿费都变成了书，难怪她在信里常说自己贫穷。

2011年秋天，枕书负笈京都已有两年光景。我邀她写个"京都通信"的专栏，用给我写信的方式，谈谈在京都的生活和见闻。之所以选择书信体，是因为写起来可以随意些，不会给她增添太多负担，读来又亲切自然。那正是满城桂花香的时节，我说，第一篇就从日本的桂花写起？于是就有了《闻木犀香乎》。而我，也特为拟了一个新号"嘉庐"。

写了没多久，枕书提意见："说是'通信'，有来无往，不好。你得给我回信……哪怕写几句也好。"想想三五百字换她一千多字，好像划得来，于是欣然写之。只是，从此又生怪现象：有时我还没催稿呢，她兴致大发，反先催我："该给我写信了！"令人恍然若入庄周之梦，不知她是编辑还是我是编辑，她是作者还是我是作者……

枕书的读者，目前仍以年轻人居多，这回却首先引起一位长者的关注。老人家年轻时学过日语，跟着章品镇先生、辛丰年先生从事进步文化活动，如今追着专栏，见面就说获得了许多新知，还细细打听作者。只可惜小城里这样的知音太少，反倒遭遇了些莫名的压力，我则深信专栏的价值，也深信有结集出版、赢得更多读者之日，因此一味顽抗，竟坚持至今。当然也曾以为可能中断，又联系《南方都市报》的友人，为枕书另辟专栏，这就是现在同样持续更新的"京都读书记"。

枕书常说自己如何珍惜京都的岁月。京都是什么呢？从来信中就可以看到，是鸠居堂的香、文房店的纸笔、大文字山的毛栗子、绿寿庵清水的金平糖、宗忠神社的紫藤、真如堂的樱与枫、吉田神社的节分祭、南禅寺的僧人、知恩寺殿外的手工市、大晦日的钟声，是"山前风景，由三月末的樱花，到四月初的新绿，层层叠叠，更换几重，如今则是一日绿似一日。山鸟朝夕啼啭，清越动人"，是古本祭和无穷无尽的买书，是在如此平和静谧的时光中安置心灵，感受美好，寻求智慧。

听过枕书发来的一段鸭川流水声录音，不疾不徐，汩汩不绝，听久了，时间也变得模糊。就在这来自鸿蒙、永无止息的声音里，旅人的客心渐渐淡去，木香花开了一年又一年，少年人渐渐长大，信札也积累到了可以结集出书的时候。

严晓星

丁酉端阳

闻木犀香乎

嘉庐君：

今日出门时，看到房东立在阶前，同我笑道："桂花的香气，真好啊。"今年这里的桂花没有往年馥郁，问身边的人，都说桂花非常香。有一位日本同学说："香得让人眩晕。"

疑心自己得了鼻炎，特地去鸠居堂试香，发现辨别香气的能力还在，终于将信将疑地认为，确实是今年的桂花不够香。

"中国也有桂花么？"

"有的。"

"对对，日本的桂花是从贵处传来的。"

房东与我闲话。

这里桂花叫"木犀"，有"金木犀"（金桂）与"银木犀"（银桂）。多的是金桂，寺庙、神社、学校内都有，据说是江户时代才传来日本，因此在文学、绘画作品中并未有很多痕迹。平常也很少见人摘采，由之落了满地，似也不可惜。读过一篇小说，作者形容桂花的香气"浓郁得令人眩晕"，"好像当头打了一记"。审美趣味纤细清淡的日人，大概真觉得桂花过于香甜了吧。不过武藏野的木犀香水倒很受欢迎，瑞香香膏，我也很喜欢。

薄田泣堇写植物不错，有一篇《木犀之香》，很别致。开篇云："我知道，这种树木盛开白色或黄色花朵的时候，从二百米以外就能闻见浓郁的香气。"接着引用黄龙祖心（晦堂）问黄山谷"吾无隐乎尔"之意一事，乃禅宗公案，见诸《续传灯录》、《五灯会元》、《鹤林玉露》等书记载。如《五灯会元》云："堂曰：'只如仲尼道，二三子以我为隐乎，吾无隐乎尔者，太史居常如何理论。'公拟对，堂曰：'不是，不是。'公迷闷不已。一日，侍堂山行次，时岩桂盛放，堂曰：'闻木犀花香么？'公曰：'闻。'堂曰：'吾无隐乎尔。'公释然，即拜之。"《鹤林玉露》云："黄龙寺晦堂老子尝问山谷以'吾无隐乎尔'之意，山谷诠释再三，晦堂终不然其说。时暑退凉生，秋香满院。晦堂因问曰：'闻木犀香乎？'山谷曰：'闻。'晦堂曰：'吾无隐乎尔。'山谷乃服。"薄田继而感慨："这时候更使我感兴趣的是，对坐于寺院深处一室的老僧与诗人，都呼吸着轻烟一般脉脉流动的木犀馨香。""木犀花老气横秋、古旧，

1
2

1. 北白川人文研小楼前修剪下来的桂花枝，往往要讨几枝回去插瓶　　2. 仿佛剪碎了的金箔银箔纸粘贴在枝干上

仿佛剪碎了的金箔银箔纸粘贴在枝干上，实在无甚可观。单凭其浓郁的香气，只不过是质朴的香炉。"如此形容，在我看来，非常新鲜。

我很爱桂花，故家有一株银桂，十多年前种下时很瘦弱。今夏回去，树冠亭亭如盖，高过青色的屋角。这在南方是很常见的树木，木质坚密，树型优美，枝叶长青，花香又如此清晰浓郁，令人身心悦乐。到季节，总有邻人循香而至，折一两枝回去当瓶供，或给儿童玩耍，又可以做桂花糖与桂花酒。新鲜花朵或摘采或摇落，集满一大盆，洗净拌入白糖，或泡酒。晾干的桂米，留到年末做汤圆馅，或洒在蒸年糕的米粉里，当年都道是寻常。初中时与母亲住在学校，庭院内有很大一株银桂。自己尝试空中压条，成功获得一小株桂树苗，移栽到旧家园内，很顺利地长大，也开了花。但后来祖父去世，庭院缺乏照管，小桂树被深草杂木埋没，悄悄枯萎，深觉可惜。

这边各家和果子店里未见"季节果子"中有桂花味的，难免感到可惜。这个季节，羊羹、果子、金平糖的口味，最多是栗子、柿子。和果子的形状，多以桔梗、红叶、胡枝子、荻花为主题。家附近的鼓月，有一种叫作洛野柿，将柿子切成薄片，做成果冻，浅浅的一盘。老店鹤屋吉信家有一种叫桔梗，做成五瓣桔梗花形状，蓝紫色，里面包裹红豆馅。

秋栗

近来路过绿寿庵清水的小巷，闻见栗子甘美的气息。绿寿庵清水历史很久，专卖金平糖，位于百万遍西侧一处小巷内。公交车过百万遍，会特地提醒"绿寿庵清水到了"。9月末，店内独售烧栗金平糖。金平糖一词源自葡萄牙语confeito，16世纪室町时代末期被葡萄牙人带入日本。彼时白糖稀少，是孩子们的最爱。时代剧里常常有这样一幕：臣下恭恭敬敬，给主上呈献装在精致玻璃瓶内如珠玉般晶莹可爱的金平糖。晴朗而有西风的日子，学校内总漂浮着幻梦般甘美的香气，便是来自绿寿庵。

前日去大文字山，看到山中落下许多毛栗子，拿石头砸开，里面有新鲜的果实，可以用微波炉转熟吃。匆匆不尽，即颂

秋祺

枕书

九月十二日，寒露

梅酒

嘉庐君：

见信如晤。前番同你说，因为要去看贵志站的猫站长，临时起意，去了和歌山，回来后睡了一整天才补足觉。此刻一边同你写信，一边吃从和歌山回来途中买的柿子。此外，还买了一袋蜜柑。想起那里尚有一种佳物忘记告诉你，也就是纪州梅酒。

和歌山盛产各色水果，最上等的梅子是南高梅。明治时代，和歌山县上南部村有一位姓高田的农人发现一种果实很大的梅树，培育出高田梅，后来定名为"南高梅"。客居的夜里，独从学校回家。月亮照到窗前，坐在地板上饮一杯梅酒，并不会醉。

往日在母亲学校内居住，院内有桂树、梅树与桃树。春来折取桃枝与梅枝。梅花落了，只结小小的青梅，雨后打落满地，酸不可食，那时并不知可以泡酒，倒记得那句

"一点微酸已着枝"。这里五六月间青梅初成，超市各处可见酒桶、冰糖等物，供人买去自泡梅酒。学校天井内亦多梅树，梅子落了无人管，悄悄到6月，黄熟香甜，坠满草坪，如果小心地避开虫咬的痕迹，会发现，其实非常好吃。

大阪天满宫每年2月有梅酒大会，京都北野天满宫的梅花很好。平安时代的学问之神菅原道真极爱梅花，故而供奉道真的北野天满宫有大片梅园。自日本停派遣唐使以后，将奈良朝全盘学习的大陆文化渐渐育成平安文化，对梅花的喜爱也转到樱花身上，爱其转瞬即逝的渺茫与无情。

提到果酒，柚子、葡萄、樱桃、杨梅都可做酒。有一年在朋友家喝她泡的樱桃酒，酒液仿佛亮澄澄的琥珀，泡透的樱桃已褪色，咬开的一瞬，唇齿甘冽。夏天夜里，二

京都北野天满宫的白梅

北野天满宫的青梅

1. 南高梅
2. 人们多留意北野天满宫梅花,较少留心初夏的青梅

1.新上市的梅子　2.新泡的梅酒

人贪杯，喝光一瓶，又饮桂花陈。已不可回忆。

今年暑假在北京，七夕夜一众人出去吃云南菜，要了两竹筒甜米酒，路旁槐花从月光里落下来。散席见从周兄淡定地拎着一只竹筒，说：酒已经喝光，这也不算买椟还珠吧？

后来那只竹筒插过大束莲花、蔷薇，还有雏菊。终于在入秋后某个干燥的清晨嘣一声裂开。我觉得好可惜，猫却非常高兴，追着满地打滚。还是从周兄了不起，用铁丝修好竹筒，填上土，种鸭跖草。碧叶垂挂如瀑，得其所哉。

因为错过泡梅酒的季节，前日补泡了山楂酒。酒液金红可爱，化开的冰糖如流蜜。若明春酿成，便举杯邀饮。匆匆即此，顺颂

秋祺

枕书

九月二十日，写一封信，吃掉两只柿子

吃茶养生记

嘉庐君：

近来可好？天又冷了一层。昨日北京友人来京都，与她到吉田山中远眺大文字山，问她可记得去年的风景。她说，去年此时，满山都是火烧一般的红，今年的冬天果然来得很晚。在山里散步，想起去年同她一起在道中拣过的落叶，光阴流逝如此。

她带来一罐恩施玉露茶。对于茶，我并没有品赏的能力。每年春茶上市，若蒙亲朋寄来几两，未管是龙井，还是碧螺春、安吉白茶、岳西翠兰，都爱珍不已。茶罐里永远剩着一些，唯恐哪天喝完，再无消遣。这位朋友对喝茶很讲究，今年夏末曾由她领着去一间茶室，主人是客家姑娘，请我们从安化黑茶喝到开化龙顶，喝每一种配的点心都不同。她有位徒弟，在下首坐着，替我们更换茶点。黑茶浓酽，须配酥糖糕点，开化龙顶则配绿茶小饼。我虽说不清其中的妙处，却也能知道味道很好，茶汤在釜内翻滚如泉流，消磨好黄昏。我道明年回来还想来这里坐一坐。主人低眉微笑，说明春要回故乡结婚定居，恐怕不在北京了。

小时候在祖父母身边，夏天经常喝佩兰与藿香茶，似乎是家乡喜爱的搭配。家中常备的大约是龙井、碧螺春、六安瓜片之类，已不太记得。在重庆，的确遇到过好茶，南川永川江津北碚皆产茶，更有四川蒙顶茶、竹叶青、文君茶。但我在那里的几年，并没有仔细领略。当时班里有位同学，上课总拎一壶茶，壶外头罩一层竹笼。课到中途，若是无聊，只听他噫一声长叹，慢条斯理斟一盏，咕咚喝了。老师何其宽容，居然仿若无睹。重庆饮食业隆兴，麻将馆茶楼亦比比皆是，但我去得极少。只有一回，本地师兄领我到朝天门附近的茶馆喝茶，是重庆常见的清凉雨日，傍窗眺望城中繁茂植物、缥缈江烟，而我似乎还不小心跌碎了一只茶杯，想来很觉怀念。火锅馆最常见老鹰茶、荞麦茶，偶尔发现茶壶里泡的是杭白菊或是茉莉花茶，会很惊喜。是到重庆后才知道老鹰茶，初时觉得苦涩怪异，习惯后认为与火锅、江湖菜最相宜，离开重庆后，再也没有遇到过。

日本饮茶的历史也不短，平安时代京都即始种茶，镰仓时代茶道渐行，普及民间。日本临济宗初祖荣西禅师曾两度入宋求法，并携回茶种，推而广之，宇治茶园即由此而始。他提倡茶禅一味，写过有名的《吃茶养生记》，说茶是养生仙药、延龄妙术，信佛念佛之时，吃茶可遣困消食，除病养生。精通茶道的僧人，还有一位松花堂昭乘，生于江户初期，是著名的书家，画儿也好。现在很有名的松花堂便当，据说就同他有渊源。

日常抹茶不易伺候，茶筅打半天的泡沫，一口便喝尽，还是吃抹茶点心便利。玉露很好，味青，甘甜，只是喝惯乌龙茶的恐怕不喜欢。煎茶也好，便是鲁迅喜爱的平价雁音也好。去专门的茶店购买当然再好不过，就是超市大袋装的，也不错，只是不够冲泡几遍罢了。京都产茶，买茶

寺町通茶铺一保堂新茶上市之时所摄，不同季节有不同颜色的暖帘

一保堂所售茶品

十分容易，再普通的超市都摆列着各种宇治茶。玄米茶亦很喜欢，尤其适宜冬天，若有铁壶就更妙。

上周带了稻香村的点心到课上分食，老师翻出一包陈茶，说是五年前哪位学生送的。众人相顾无言。泡出来的茶汤已作锈红色，淡极无味，大家却吃得高兴。想起暑假，曾从零陵处得了二两高末，拿很好的茶壶泡了，也很喜欢。

对了，还记得我家那两位猫君否？玉露、玄米，起的都是茶名。已经想好，日后再养几只，或可叫瓜片、高末。

匆匆不尽，明春新茶上市，若能记得我，则再好不过。顺颂

冬安

　　　　　　　　　　松如

　　　　　　冬月初三，小雪后四日

書

二〇二三

【卷下】

立春与节分

嘉庐君：

　　这几日京都很冷，幸好是晴天，不致过分难熬。一早去爬山，登山道中人们高声招呼，彼此说"早上好"。山顶刮大风，远望见北面比叡山的积雪，天底下翱翔着苍鹰，乌鸦也来回盘旋。今天是立春，你可有吃春卷？此地更重春分前一日，曰"节分"，意为季节交界之日。节分有撒豆之俗，绕屋抛撒炒熟的黄豆，口呼"福里边，鬼外头"。这豆子叫"福豆"，比自己岁数多食一粒，据说全年可以无病无灾。神社里有盛大的追傩和撒豆仪式，热闹胜于新年。

　　学校附近的吉田神社有节分祭，前后共三日，是京都很重要的祭典。节分前一日黄昏有追傩式，"鬼"叫作"方相氏"，戴鬼面，着玄衣朱裳，执矛与盾。童儿列队随后，阴阳师颂祭文。最后方相氏大吼击盾三回，群臣呼应，绕神社舞殿一周。神职人员以桃木弓射芦矢，仪式始成。方相氏在《周礼》中属夏官司马，专司驱疫除厄之职。傩从中国传入日本之后，到平安朝初期，方相氏的身份渐渐发生逆转。现在还能在平安神宫追傩式中见到和一般神社不同的方相氏，不戴鬼面，行止徐缓庄重，主司驱鬼之职。

吉田神社的"鬼"会四处摸小孩子的头，据说也会带来福气。家长们抱着小孩子往"鬼"跟前凑，大胆的小朋友觉得好奇，也有的被吓哭，拼命往母亲怀里钻。大人们只是笑，说，那不是真的鬼！"鬼"也过去套近乎，摇头晃脑逗孩子。孩子哭得更凶，"鬼"好尴尬好抱歉，只有摇摇晃晃继续朝前走。

节分当日夜里十一点有火炉祭，神社境内架起直径五米、高五米的八角柱形火炉，里面堆满了人们带来的旧神札。神札是神社的守护符，由纸、木片或金属制成，每到新年、立春，日人习惯到神社买神札，可保佑全年阖家平安康健。一年之后换上新神札之前，旧神札最好能在神社举行的仪式中以净火燃烧，亦有祛病消灾之意。

这三日神社外的参道摆满各色小摊，跟我们的庙会相差无几。每日近晚时分，人潮从四方源源不断涌入这狭窄的道路。你知道，吉田神社平时相当冷清，内有一座幼稚园，就听见小孩子们的声音。黄昏时接孩子的妈妈们坐在大树底下聊天，十分安宁。日常山道两侧只有普通的小石灯，这三日添了许多古朴的纸灯，如同白昼。我随人流进山，两边有捞金鱼的，套圈儿的，打气枪的，玩玻璃珠的，许多小孩子围着玩。灯笼在头顶招摇，四下热气腾腾。我直奔食摊而去，炒荞麦面、拉面、肉馒头、草莓大福、烤玉米、烤肉串——平常都见不着这些，却很好吃。

神社内卖福豆的小姑娘皆着鲜艳的振袖和服，非常可爱。神殿西首有节分神矢售卖，巫女盛装金冠，为每一束卖出的神矢举行颇为复杂的祈祷仪式。将神矢从神前请下，一时舞刀，又挥金铃，又作舞蹈。神矢价格不同，只有买最贵的一种才能看到舞刀。巫女在神乐中就这样舞了一回又一回。胡兰成赞叹不已的巫女之舞，说有六朝风度——我在台下看了好一会儿，巫女很美，舞蹈也美，就是表情似乎不大高兴。是买箭的人太多，跳得太累？旁边一张两曲屏风，工笔描绘巫女执神矢之姿，绿衣金冠，旁有柊树，每年都会摆出来，倒很好看。

吉田山内还有一座小神社，叫果祖神社，供奉着和果子之神，故而京都有名的和果子店号也都参与节分祭。果祖神社前有热茶和点心自取。若有心留些零钱当供奉，主持者会另送一份点心。天上开始飘雪，落在茶碗里，真是愉快的晚上。

今天过后，吉田神社又要恢复清静。这个地方，春天

每年节分祭都会摆出的巫女屏风，画上有柊树有樱花，夏天满山浓碧，秋季菊台前可以看见天上清皎的月亮。夜中有霜，月光泼了满地，白砂皎皎。大雪后山里很冷，有巫女在廊下糊崭新的纸窗，大卷洁白和纸滚在地上，乌黑头发，朱红的袴。对我而言，此处还有一点亲切，室町时代的学者清原宣贤就是吉田神社神道家吉田兼俱的三子，后来去往明经博士清原家做养子。清原家世代传习汉唐古注，对朱熹新注亦有所取，京都大学清家文库即收藏有清原家的许多贵重资料。此外，图书馆还藏有吉田神社旧社家铃鹿家的部分图书，叫作铃鹿文库。出身铃鹿家的学者连胤，藏书丰富。他的曾孙铃鹿三七，毕业于京大日本文学专业，也是一代藏书家。1930年小林写真制版所出版的豪华大册《敕板集影》便出自其人所编，收录书影凡廿七种，内藤湖南题签，并作跋文。到此散步，自然别感亲切。

　　像小孩子一样盼望过节，是年长后难得的福气。一年中能有这样几回，我很满足。虽然这一次，春卷和福豆，又未曾记得吃。匆此，敬颂

春安

　　　　　　　　　松如

　　　　　　　壬辰年正月十三，立春之夜

内藤湖南题签的《敕板集影》，用精美的古
织物装帧，解题详尽，图片用纸为越前鸟子
纸，是小林写真所制作的珂罗版佳品

赏樱

嘉庐君：

今年京都尤其冷，樱花久候不开，大约是去冬来得太迟的缘故。往年3月底即有摩肩接踵看花人，今年早来的人恐怕都很失望。仁和寺、清水寺、天龙寺、哲学之道、平安神宫、圆山公园转一圈，好容易见着一株开了些微的，即有大群人涌上前纷纷留影，好歹算是"花见"。

翻《古都》，偶见一段：

一进仁和寺的山门，只见左手的樱花林开满一簇簇樱花，把枝头都压弯了。

然而，太吉郎却说："哦，这可不得了。"

原来，在樱林路上摆着成排的大折凳，人们喝呀唱的，吵吵嚷嚷，弄得乱糟糟的。还有些乡下老太婆兴高采烈地跳着舞，也有的醉汉打起震耳的鼾声，从折凳上滚落下来。

"这成什么体统!"太吉郎有点扫兴,就地站住了。他们三人终于没有走进花丛。其实,仁和寺的樱花,他们老早以前就很熟悉了。

由此可见,印象中日人在樱树下吵吵闹闹喝酒吃东西的赏樱并不符合京都人的要求。京都人要优雅文静地赏花,穿和服,手捧便当盒,如春风拂柳般缓步到花树下。当然,现在鸭川边的看花人也足够热闹,不怕河面上盘旋的乌鸦与鹰抢走便当的,倒是可去河边参与轰轰烈烈的赏樱活动。

真如堂的樱花,此地游客较少,最喜欢散步到此这几日气温总算升至十度以上，家门口的一排樱树都开了一半。开得最早的是垂樱，满目绚烂。晚一点的是山樱，4月末5月初山中还能见到。因日常在花树下来往，对眼前的景物并没有十分珍惜，还时常像川端康成那样不耐烦游客的喧嚷。而今天路过北白川，看到流水之上的樱花刚刚绽放，也忍不住驻足。去年此时忙于功课和搬家，整月未出。4月末出去一看，流水之上落花飞逝，枝头止余萼片。

《源氏物语》中有许多植物，藤花、山吹、红梅、红叶、尾花，无不优美。其中，关于樱花的笔墨亦多，"风稍稍起，瓶上的樱花有几片随风纷纷飘散"（蝴蝶），"别处庭园中，樱花已凋尽，八重樱亦已过了花季"，"匂宫叫道，我的樱花开了。怎样才能教它们永不凋谢呢。在树的周围布置几帐，让帷幔垂覆，风就吹不进来了吧"（幻），直可联想到谷崎润一郎《细雪》中对樱花不厌其烦的描摹。

文学作品中的樱花形象，大约与少女、恋情、春意联系在一起。而柳田国男在《信浓樱之话》中讲述僻远乡间的风习，说埋葬客死旅人的地方，常会种植樱花，特别是垂枝樱，因为垂枝更方便神灵栖息。又说某地有古老垂枝樱，村中人视此树为通往冥界的入口。亡灵出现，云来此看花者可免地狱之苦。这些樱花，与我们熟知的樱花印象颇有距离，与九鬼周造热情礼赞的祇园垂枝樱更大相径庭。稍稍挖掘，可以体会到对熟悉概念心怀反叛、恰又找到合适例证的喜悦。

古代日本最多山樱，如今稍往郊外走一走，也能看到漫山遍野的烂漫樱云。有研究认为，春樱是与秋天的稻米相对应的植物，与日本本土的山岳信仰及农耕宇宙观密切关联。宿在樱花瓣中的山神守护稻米，来到田野，成为田野之神。稻米收获之后，田野之神又回归山中。因此，山樱是神圣美妙的植物。而看花的习俗，则起源于去往神圣的山中，在樱树下举行的宗教仪式。

赏樱的仪式，到丰臣秀吉的时代，则成为展现豪富与权力的舞台。昔日醍醐寺三宝院盛大无比的花宴，是堪比北野大茶汤空前绝后的盛会。在许多屏风绘中，都有花见的场面。譬如著名的《花下游乐图屏风》，樱花下庶民与贵人同乐赏花。到江户时代，花见更是不论社会阶层人人喜爱的春季盛事，有大量浮世绘、诗文为证。

德川家几代将军都曾命人在江户各地种植樱花，各地大名也将本地出色的樱花品种带到江户，极大地促进了江户樱花品种的繁育。光圀也痴迷樱花。据说骏府有冬樱，光圀渴望已久。府吏分赠一株，精心栽培，且视暮抚，终于盛开。又有张灯看花诗："白樱树下倒金尊，天为幕兮地为席。惜花终夜移灯看，不知东方既将白。"朱舜水曾随光圀在后乐园赏樱，有赋云："辑群樱以作回廊，蹀躞芬芳联数里。"弟子安积澹泊称舜水"酷爱樱花，庭植数十株，每花开赏之，谓觉等曰，使中国有之，当冠百花"。舜水死后，光圀在祠堂边种植樱花，后世况周颐"舜水祠环绕，凭香艳绝，映带贞松"、"舜水祠堂璨云霞"等句，可反映清末士人对朱舜水关心之切。当然，况周颐本身就是樱花的狂热爱好者，咏樱无数，一补中国传统诗词少有樱花的遗憾。

林罗山随笔曰，日本称樱花为花，犹言洛阳牡丹、成都海棠。这种说法，在许多日人所作的咏樱诗中都能见到。山崎闇斋认为，中国古诗中所咏樱花为樱桃之花，并非观赏樱。贝原益轩在《大和本草》中转述赴日清人何清甫之语，称中国无樱花。江户时代以来学者皆强调樱花的本土属性，其时中国人亦无异议。虽然樱花并非日本独有，但大量观赏樱的培育，的确是日本的成绩。而日本有学者因反感明治以来樱花与民族主义的密切联系，故着重"去本土化"，强调樱花并非日本原生。明治维新初期，曾有不少人提议砍去樱树，多种杉、桧、樟等经济价值较高的植物。京都圆山公园代表性的垂枝樱，当年也险被砍掉。但最终，樱花还是成为国民之花。可惜樱树果子苦涩得连鸟雀都不碰，樱花渍物、樱叶茶，淡薄一缕，难称味美。不过，樱木是优良的版木用材，吃墨好，易保存。因此如果爱好出版史，倒会对樱树多一重好感。

坂本浩然《樱花谱》之"御衣黄"（南葵文库旧藏，今藏日本国立国会图书馆）

如今日本樱花品类据说有六百余种，种植最广的是染井吉野樱，江户末期以大岛樱和江户绯樱培育的杂交品种，形象最为典型。我很喜爱"御衣黄"，花色浅绿，花心微红，是江户中期培育的品种，又称"黄樱"、"浅葱樱"、"浅黄樱"，名字很可爱，是樱花里颇名贵的品种。花期略迟，要到4月下旬。据说德国博物学家西博尔德昔年在日本采集的"御衣黄"标本如今尚存。

关于西博尔德的故事有很多，他出身贵族医学世家，服务于荷兰东印度公司，曾任陆军医院的外科军医。后至日本长崎，在当地行医，并开设鸣泷塾，教授西洋医学，门生众多。他在日本负责调查地理、风土等情报，性质类似间谍，最终被幕府驱逐出境。在日期间，他与日本女子楠本泷相恋，育有一女，但女儿两岁时他就离开日本。女儿后来成为日本最早的产科医生。他精力旺盛，著述极丰。在他编写的《日本植物志》中，有一种紫阳花即嵌以爱人之名(Hydrangea otaksa)。若干年后日本开国，之前对他的驱除令失效，他再度访日。人事代谢，他已与德国贵族女子结婚，并育有三男二女。他在《江户参府纪行》中写过日本四季植物，抄录一段给你看：

　　一二月间次第有梅、杏、椿、山茶花、枇杷、山茱萸。三月有山吹、白山吹、杨栌、青枞、瑞香花、黄瑞香、黄梅、樱草、忍冬、鹤公草、金银木、木藤、花苏枋、金缕梅、群雀、樱、桃等。常绿树有冬青、黑木、樫、柚之属，到四月间亦与之相应，生出新叶。花落后而有碧叶。森林有浓绿、薄绿，硬叶与嫩叶并生。

　　一直想写写西博尔德，可惜太懒，至今未有行动，兴趣广泛而成果匮乏，当然不是好事。但看西博尔德的博识与丰富成果，多少也有了师法的对象。

松如

三月十八，清明后四日

神隐

嘉庐君：

时甫入夏，正是不冷不热的好天气，偶有清润雨日，一年当中并不多见，我最喜欢。

昨夜送朋友回家，路过寺町通，眼前忽是一片热闹的场面，不由一怔。此处多古董店、茶铺、文房用具店，素来清静，入夜后更幽寂。怎么会有这么多人？从二条到三条，短短一条街，张满洁白纸灯，笼着一团一团凉凉的光色。不知何处来的那么多小孩子，笑闹蹦跳，擎着糖果，拎着灯笼，撅着小身子在摊儿前捞鱼捞乌龟。原来是一处神社在举办庙会。

此地庙会很多，可吃的也就烧烤炒面糖果，可玩的也就套圈打枪捞小鱼，但大家都投入，热闹极了。那些不知道多少年无人问津的画片弹球突然在庙会上都出现了，堂皇地张挂在那里，吸引小孩子的目光。他们的游戏文化这寺町通御灵神社5月中的祭祀，平常寂静的街区变得非常热闹。入夜，灯火摇动，孩子们在大人的带领下，穿着可爱的浴衣。身处其境，仿佛会有"神隐"

么发达，居然还有这些古旧的玩具，居然也还会有人去买这些东西。娇滴滴的女生，挤在人群里龇牙咧嘴吃烤串，甜酱沾在唇角，也来不及擦。浴衣的少女木屐笃笃敲着石板地面。小女孩玩累了，腰带散开来，长长的拖在身后。喝醉的汉子敲着肚皮在街心，对往来的每个人道：辛苦了！对每个离开的人道：再见！晚安！穿过这条街的时候，我总怀疑自己会不会"神隐"，不小心闯入另一个空间，找不到出口。穿过长街，沿着御所清冷的外墙走，世界骤然一变，又疑心方才那片喧嚣的街市到底是不是真的。一直走到再熟悉不过的百万遍一带，才觉回过神来。

小时候以为世界清明，稍大些才明白，世上有诸多未明暧昧之处，认为可敬鬼神而远之。幼时在祖父身边，偶尔能听到一些神奇的传说，比如某家男人夜里喝醉酒，打着伞路过一株老银杏树下，第二天酒醒发现伞不见了，却高高挂在树顶。某人走夜路看到前面就到家，可怎么走都走不过去。与孩童关系最大的是"落水鬼"，从小被告诫不可以在河边乱走，因为里面有可怕的落水鬼，可能突然伸出手来拽走小孩。每年立夏，家乡风俗，要吃鸭蛋，蛋壳剥了，需扔到水里，据说也是震慑落水鬼之用，又或者是告慰落水鬼的魂灵。不过我总觉得，倘若告慰，应该用更好的供奉，比如把整个鸭蛋扔进去，大约是太浪费，并没有实施的可能性。当时对这些不太以为然，但到底还是老老实实往水里扔过鸭蛋壳，甚至至今都没有学会游泳。

《远野物语》里有一个"神隐"的故事："与别国相同，黄昏时妇女或儿童出了家门，常常遭遇神隐。松崎村一处叫寒户的地方，有一户民家，年少的女儿在梨树下，留下一双草鞋，去向不明。大约过了三十年，某一日，亲人聚在一起时，看到她回来，已极衰老。问她如何归来，答说想见大家。又说如果不去的话，又不知消失到哪里去。是日大风猛烈，因而远野的人们现在仍然会在刮大风的日子说，今天是寒户的婆婆回来的日子吧。"在日本，有很多关于"神隐"的传说。路边也常见各式道标，如石地藏、石佛等，提醒旅人莫要迷路，莫要误闯神境，免遭"神隐"。

《千与千寻》就是一个"神隐"的故事，里面的场景有参考台湾九份的风光，故此地日本游客极多。我去转了一圈，小街内琳琅满目的特产和大陆任何一处旅游景点感觉无异，面目可疑。但山边的海很美，坐在山头喝了杯酸梅汤，下山赶火车回台北。买了盒饭在站台上吃，大排很美味。那一站叫瑞芳，抬眼看到满山洁白油桐花。

日本过去有年轻女子在婚前突然消失，家人只好以"神隐"之说作安慰。王度庐《卧虎藏龙》里，玉娇龙到妙峰山为父亲还愿，舍身跳崖，避过世人风评，庶与"神隐"异曲同工。凌晨的妙峰山，"往上走了一会儿，回头再往下看，就见巍然起伏的山岭，崎岖宛转的山路上，处处是悠悠荡荡的灯光。又走了一会儿，顶上的磬声就散漫下来，而辉煌的香火也可以望得见了，此时的情景真是十分神秘"。"只见玉娇龙向下跳去了，风一吹，头上的一支绒凤簪子落在了山石上，她那雪青色的身影已如一片落花似的坠下了万丈山崖。"虽然你不大欣赏王度庐，但我很喜欢他笔下风尘仆仆的世界，对那些灰暗、苦痛、挣扎的人生，也格外感叹。玉娇龙的打扮，一向很普通，"雪青色"，也不是高贵的颜色。几年前，还是漫然无知的年岁，与人同去妙峰山，途中也曾回忆《卧虎藏龙》的这段结尾，与电影版的结局气息大异，因为妙峰山其实是极为世俗的所在。

昨晚回来，原想写个神隐的故事，某人误入异境，不得归路云云。可惜一回到家，看到熟悉的环境，毫无神隐的气氛，也就编不出故事来啦。匆此，顺颂
夏安

松如

四月三十日，小满

避居滋贺

嘉庐君:

收到你信的时候,我正在从京都去滋贺的途中。暴雨,车窗外是碧茫茫的水稻田与绵延的青山。

这学期的课已大半结束,近来是祇园祭最热闹的时候。各街区都有装饰得无比华丽的山车,挂满幽明的纸灯,或白地红纹,或红地黑纹,又热闹又洁净。整个7月,街中到处飘荡着"祇园囃子"——祇园祭期间独有的传统音乐。龙笛、能管、筱笛、太鼓、钲,反复奏着和缓悠长的调子。虽已来了四年,却没有参与过祇园祭,怕挤,怕热——请想象平素安静的古都,忽而涌入几十万狂欢的人流,是怎样的情景? 所以和去年一样,又躲到滋贺的香织家。只是去年她还在这里,二人在山脚的小酒馆吃东西,喝醉了看月亮。今年她留学北京,下雨,也没月亮。她家那只候补导盲犬,最终没有通过考试,被导盲犬协会送到新的领养人家去了。新主人寄来照片，狗很快活地对镜头咧嘴笑，被一对兄弟抱在怀里，俨然一家人。香织伤感：它怎么可以这么快适应新生活？忘记我们了？

你提到友人在布衣书局拍下的三卷《春秋左氏传考》，手边没有工具书，大略查了下，发现作者宇野明霞居然是滋贺野洲生人。真巧，香织家正在野洲市，此时我在窗口正能望见被称作"近江富士山"的三上山。京都祇王寺的主人祇王与妹妹祇女，亦都出生于此地。梁川星岩曾有一首《经祇王祇女故里，近世明霞先生亦产于此》："山秀水灵行路长，小南村北祇王汤。不惟幻得佳人出，生长高儒亦此乡。"乃称明霞为"高儒"。

后检安井小太郎著《日本儒学史》，可知明霞更多信息。他是江户时代中期的儒学者，生于1698年，殁于1745年，名鼎，字士新，通称三平，又称宇士新、宇鼎。江户时代的儒者一般都有日人眼中中国风格的名号，譬如荻生徂徕又称物徂徕，太宰春台又称太宰纯。明霞的弟弟士朗便是荻生徂徕的门生，汉名宇鉴，二人并称"平安二宇先生"。野洲位于滋贺县南部，琵琶湖南岸，古属近江国。近江四面环山，中有大湖，是日本著名的鱼米之乡。好多次跟你感叹，说滋贺有稻田白鹭，流水人家，宛如故乡。

明霞后随家人移居京都，最初在木下顺庵门人向井三省门下求学，通过入江若水获知徂徕学，但因体弱多病，未能同弟弟一道游学江户，入得徂徕门。他留在京都，跟随释大潮学习汉语及古文辞学。而弟弟不能赞同徂徕的教育方针，甚至认为萱园学派内无人可继承徂徕学，对徂徕弟子服部南郭、平野金华批评尤为严厉，因此在江户仅呆了一年便返回京都。明霞曾与徂徕书信讨论《春秋》，徂徕覆信云："韩宣子见《鲁春秋》，即与丘明所藏相同，故《公》、《穀》称传，左氏称春秋，后加入书、不书、书曰等语，为传体，故称《左传》。"明霞则云："春秋为史之通名，如羊舌肸习《春秋》，申叔时教太子《春秋》，未必乃鲁史。徂徕之韩宣子见《鲁春秋》乃左丘明所藏之说，是为无据之论。"

明霞一生未婚，专注学问，后来也持与萱园学派明确对立的态度。有《论语考》、《明霞先生遗稿集》、《诗语解》、《文语解》、《诗家推敲》等传世。因喜爱古文辞，还曾对《嘉靖七子近体集》、《唐诗集注》作注。

贵友买到的《左传考》即是他的代表著作，由门人片山北海（孝秩）于其殁后收检其纸片札记，编辑成书，门人大典显常（署名淡海竺常，因其生于近江，故署淡海，江户中期禅僧、汉诗人，属临济宗相国寺派）作序，京都书商菱屋孙兵卫于1792年刊刻出版。内容多为批驳杜预注文，以训诂为主。

明霞生年四十八岁，葬于京都极乐寺，即左京区的真

宇野明霞《春秋左传考》书影

如堂——我日常散步常去的地方，佛殿前有一株很大的菩提树，实为南京椴，初夏盛开薄黄花簇，香气清甜，最近正结了满树簌簌的果子。

另有可注意者，你发来的书影，卷首有墨书"直斋"字样，并阳文朱印"川口藏书"，卷尾有阳文朱印"川口藏书"与阴文朱印"义行之印"。藏书者究竟为谁？偶尔查得，尾去泽矿山有一位采矿设计师名川口理忠太（或写作川口理仲太），生于1841年，殁于1919年，字义行，号直斋、正斋，会作汉诗，恐是此人无疑。尾去泽矿山在秋田县的鹿角市，据说早在公元8世纪初就在那里发现铜矿，是日

真如堂殿前的南京椴

本重要的铜山。明治年间,三菱财团开发此山。战后铜矿枯竭,遂于1978年闭山,已成历史遗迹。

鹿角这个地方出了不少名人,如内藤湖南,又如诗人北原白秋等。这位川口理忠太的长子川口恒藏就与湖南有交游,湖南赞其"精敏强纪,善属诗文"。几枚藏书章引出一段曲折,很有意思。不知那三卷书如何从川口手中辗转到中国?书纸间旧日主人勾画历历,朱墨犹新。回头不妨细查川口氏生平,或有所得。因我不懂版本,也未在日本旧书网查到此书市价,所以不好判断贵友出价八百元是否合适。而就宇野明霞在江户儒学史的地位而言,此书也颇有意义。

接下来,大概要在滋贺多住几天,下周五就要回北京啦。方才雨止,窗外忽悠悠飘来几只萤火虫,柔光明灭。稻田蛙声响亮,能闻见初夏水田独有的清润气息,真与故乡无异。

松如

五月廿五日,时近大暑,闷热多雨

京都的寺庙

嘉庐君:

来信收到。你说早川君的古文底子很好,的确。很惭愧,我写不了那样的好文章,回信时只好放弃字斟句酌,直以大白话作答。他说自己白话文不如文言文,这虽是谦辞,却大抵不差。日本学人中不乏古典汉文功底深厚者,因为典籍文章可字字句句研读精修,况且古来诵习汉文的传统没有完全断绝。到今天日本初高中课本里还会教几句论语孟子杜工部白乐天。但日益变化的现代汉语就很难把握了。昨天去早川君研究室送还资料,他恰好不在。匆匆给他留了字条,夜里收到他邮件,说"感谢给我留言! 和一般签名相比,兴趣更深"。足见他是很有意思的人。

你让我谈谈京都的和尚,题目有趣,可我对佛教所知寥寥,只有跟你讲一些见闻。新搬入的家在哲学之道近旁，离南禅寺不远。每日清晨与黄昏，窗下总有一队蓝袍的年轻僧人一个接一个长啸而过，前一个吟罢，后一个再接上，悠悠不绝，很动听。询问才知道，这是他们的发声练习。经要念得好听，必得如此练习日久。

在京都，常能见到各宗各派的僧人。净土真宗与净土宗大概最高调，信徒最多，势力最广，入世的姿态也最明显。我学校对面的知恩寺就属净土宗七大本山之一，寺中每月15日有念佛大会，兼开手工市场。念佛大会在正殿举行，百余名信徒边念"南无阿弥陀佛"边转动一串巨大的念珠。殿外空地是手工市，全国各地的手工艺者云集于此，各色奇巧物件琳琅满目，观者如堵。比如阳光下近百只叮咚作响的玻璃风铃，指甲盖大小的竹编器具，宛然如生的布偶，精细的瓷器，可置于掌心的盆景，填了香料的干莲蓬，与"柳枝儿编的小篮子，整竹子根抠的香盒儿，胶泥垛的风炉儿"意趣相通。上月和同学去逛，转到大殿门前，却见一个极清秀的年轻僧人，头剃得光净，玉面长身，缁衣兜了两袖清风，一串念珠拢在掌心，温温笑着招呼我们：进来一起念佛吧！我和同学对视一眼，居然很默契地进了大殿，就为了这个貌美的和尚——结果在殿内跪坐良久，足足念了半个钟头的阿弥陀佛……一看殿内，信女占了大半。可见京都的和尚不但经要念得好听，姿容也要俊美。明治维新以后，政府为抬高神道教的地位，大

1
─
2

1. 京都大学对面的知恩寺正殿，每月15日有念佛大会。秋季的古本祭，古书店主人们也会在此殿内念佛祈祷，供养久未售出的书籍

2. 秋季古本祭第一日一早，知恩寺大殿内正在举行"古书法要"活动

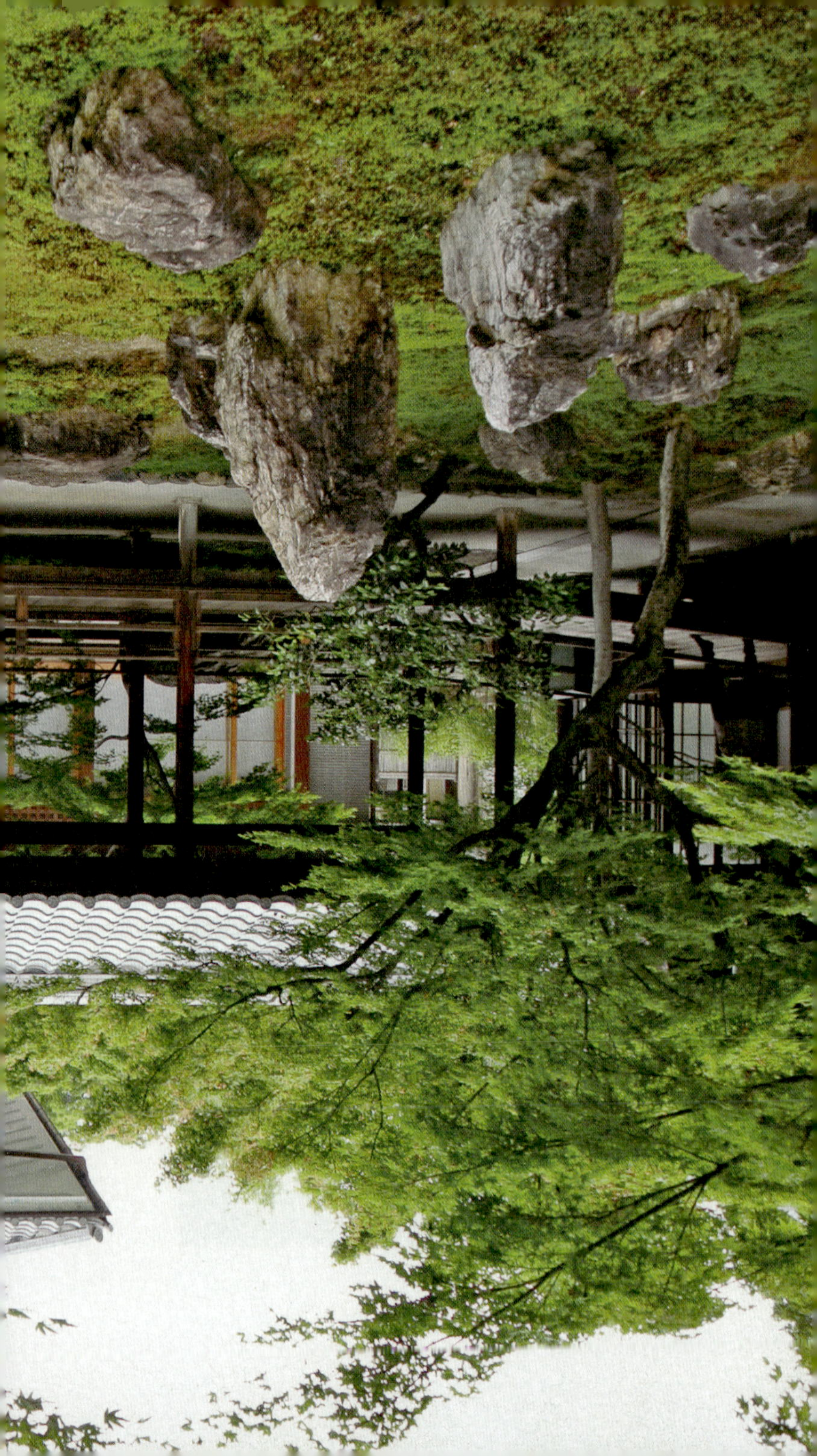

花见小路附近的建仁寺，京都五山之一

行废佛毁释，公布法令，曰僧侣可食肉、带妻、蓄发，并令大批僧人加入军队——说来这也有一定渊源。日本古代的僧人地位较高，与贵族联系紧密。皇族、贵族出家者大有人在。平安时代的白河天皇不单自己出家，还在寺院中供养众多僧兵，令僧人势力炙手可热。织田信长将天台宗本山延历寺付之一炬，四千僧兵葬身火海。数百年后，"僧兵"以另一种形式出现，作恶极无畏，大概也和信仰有关。不论生前有何恶行，临终念一句阿弥陀如来即可往生净土。如此省事，难怪深受追捧。

京都有好几所佛教系统的私立大学，许多出身僧侣家族的年轻人在此就读，他们将来大半要剃了头发继承

京都东福寺灵源院的僧人

家业。据说不少女学生都想从中物色一名，将来做了和尚夫人，自可衣食无忧。

　　闲来常去京都的禅寺散步。临济宗东福寺的汉籍，相国寺的承天阁美术馆，黄檗宗万福寺斋堂的木鱼，曹洞宗诗仙堂内狩野探幽的绘作，都深可回味。从前跟你提过荣西禅师的《吃茶养生记》，他开创的建仁寺，也是观赏壁障画的好去处。

　　有位日本师兄，力荐我去奈良郊外的古寺住上月余光景。他嫌京都的寺庙很多都是晚近重修，"奈良的山中，有那种名气不响，却真正保留了唐朝风韵的古寺"。究竟如何，待日后看了，再同你说。

松如

冬月十二，冬至后三日

岁末

嘉庐君：

　　从周兄来京都已经第五天，令我几乎忘记时间的流逝，只愿清游虚掷，一晃到了年尾，信也回得很晚。

　　也许我已相当习惯这里，早几年的客心也已淡薄，如今很少强调"旅人"的身份。从周在的这几天，我借他的视角，听他的感叹，重又认识了一次京都，仿佛回想起自己当年初来的心动。头半年，每天都要写很长的日记，细述每一点小小的触动。

　　往年元旦都要去滋贺的香织家，今年要在京都陪从周，于是准备了些年货。譬如镜饼——糯米粉打的饼，可烤可煮，味似糍粑。还有新春插花。今天新买了一束，有黑松、含苞的梅枝、铁炮百合、草珊瑚、玫瑰，找了家中的竹筒花器盛好。夜里忽嗅丝缕幽香，枝头白梅受了室内氤氲之气，已然绽放。并买了两颗水仙球。

对于此地种种，从周兄很喜欢，也很好奇。他在邮局见到频频有人把大捆明信片交给柜台，很惊叹数量之多。去年跟你说过，贺年片是日本人重要的社交方式，每户人家到年末都要翻出通讯录整理亲朋地址，酝酿措辞，书写大量贺年片。每户人家也总有很大一只盒子储存历年亲朋寄来的贺年片，是彼此情分的明证。日本古代春节，贵族、武家流行彼此递送文书，道贺新春。明治维新以来，邮政系统发售统一贺年片，以其价廉便利迅速流行全国，成为延续至今的风习，并形成许多固定的套语，譬如谨贺新年、敬颂新禧、新春万福、庆云昌光、永寿嘉福等等。不过年轻人早不会用这种古老的说法，多是现成印在卡片上而已。

与从周入乡随俗，拉他写了一叠贺年片，寄给可以想到的师友。大雨的午后，窗外群山云烟缥缈，我们各据被炉一角，检点往事，倒也很愉快。写完后投入邮箱——贺年片已附邮费，不需另贴邮票。年前投入邮筒，1月1日早晨统一发出。因为贺年片祝福的是新年，所以不能在年前收到。

与他也逛了几处寺庙。去大德寺，正赶上一场雪，道中几无一人。寺门清冷，多处庭园闭门谢客。有一座瑞峰院还开着门，内有三座石庭，虽然小且新，不是出名的古迹，而在寂静的雪天，也很可一看。云层时有光缕泻下，稍

岁末，大德寺飘起细雪

纵即逝，纸门上映着枯枝婆娑的影子，俄而又隐没。寺内
东司极幽美，光线黯淡，水台边有一束松枝，窗外是南天
竹鲜红的果子。大德寺的纳豆很有名，说是一休所创。问
瑞峰院的老住持买了一盒，是住持儿子捧出，跟在身后的
还有个一岁半的小孩子，满地爬着作揖。住持的儿媳也出
来招呼，其乐融融，这令从周大为向往，赞叹在日本做和
尚的好处。

我们在法隆寺捐了一块平瓦。从前梁思成随长辈到
奈良，也曾在某处寺庙捐过一块瓦，所费一元香资，如今
则涨到一千日元。法隆寺东院伽蓝有一座八角圆堂，内有
飞鸟时代的秘佛救世观音像、平安时代的圣观音菩萨像。

这座佛堂名字很好，叫梦殿，据说圣德太子曾在此宣讲政事与佛法。殿前一株很大的垂樱，又一株高大的樱树。深冬虽看不到花，但看繁密枯枝，也可想见花开时的风景。

旧年最后一天在日本叫"大晦日"，一过午夜，人们就到各处寺庙听钟声。天还没亮，便要到神社佛寺参拜，是为"初诣"。京都最受欢迎的地方是祈求商业兴隆的伏见稻荷大社，初诣所到游人约两百七十万。不想去太热闹的地方，待会儿就和从周到家附近的永观堂听一百零八声除厄之钟。祝你新年快乐，并颂

文安

枕书

新历12月31日晚

揉蓝、露草蓝、普鲁士蓝

嘉庐君：

见信好。近日阴寒多雨，却未有一场好雪。周六周日是日本高考，食堂里有许多等待孩子下考场的家长。随行的也有年纪很小的弟弟妹妹们，尚不知紧张，满地愉快地追跑，大人们就很轻声地一遍一遍劝阻。

上周画了一幅法隆寺的柿子，黄颜料即将用罄，便往思文阁美术馆一楼画材店挑颜料。这家店水彩、水粉、油画颜料很多，若要传统颜料，只能去鸠居堂之类的老铺。一向只用国产的便宜颜料，那两笔涂鸦，实不敢侈费好颜料。据说藤黄是清代自东南亚传入，有酸性，很容易蚀纸。从前画家需要黄色时，多用栀子黄与槐黄。这两种颜色日本过去也用，尤其是栀子黄，最常用来做染料。日本将传统颜料唤作颜彩，有一回买过一种群青色，非常漂亮，很不舍得用，只在初夏的雨里画了几笔花菖蒲。

藏有国宝《燕子花图屏风》的根津美术馆庭院内，有一池可爱的燕子花

　　日本画里菖蒲花极常见，呼作燕子花。光琳有名作《燕子花图》与《八桥图》，俱为大幅金泥屏风，鲜碧剑叶，宝蓝花瓣，幽静中难掩镂金刻玉的光彩。日本传统建筑内部采光不佳，深廊纸门，重屏垂帐，黯淡光线里一张浓墨重彩的屏风，好比白面朱唇峨峨高髻的艺妓，身裹金丝点缀的锦衣。如今日本尚有艺妓专用的传统口脂，曰"艳红"，以京都产者为最佳，即"京红"。层层粹取红花色素，盛于白色陶器或贝壳内，有珠玉的光泽。价格也昂贵，因有"金一文，红一文"之说。

　　提到颜料，想起《珍珠耳环的少女》。去年东京、神

户两地美术馆轮流展出维米尔的作品，最受关注的就是这幅。我很想去看，但年来杂事纷繁，竟未成行。同名小说与电影也很喜欢。少女在画家的指点下调弄颜料：

> 我发觉自己很喜欢研磨他从药剂师那儿拿来的材料——象牙、白铅、茜草根、黄铅丹，看看我可以制造出多明亮而纯净的颜色。我学到把这些材料磨得越细，颜色就会越深。一块块粗糙、暗沉的茜草根，变成细滑的艳红粉末，接着再混入亚麻籽油，就是闪亮的颜料。制作颜料实在是一个神奇而美妙的过程。

> 我用好几片贝壳当浅盘，把颜色放在里面一次又一次地冲洗，去掉夹杂的白灰、沙子或碎石，有时必须重复多达三十几次。虽然工作冗长而枯燥，但是当看到颜色在每一次冲洗后变得更为纯净、更接近理想时，让人觉得非常满足。

也提到蓝颜料："制造群青的原料青金石非常昂贵，而且从石头中萃取出纯蓝色的过程相当困难。"

青金石即天然群青，价格颇昂，欧洲艺术家常用较为便宜的蓝铜矿。敦煌莫高窟、天水麦积山石窟的壁画都使用过青金石，皆从西域传入。隋唐时青金石极难得，故常用石青。19世纪初，人工合成的群青输入中国，遂多见于佛寺道观园林家庙的种种彩绘。

古代日本的蓝颜料主要来自鸭跖草、蓼蓝、蓝铜矿。鸭跖草即露草，花虽清美，但作颜料很易褪色，所以和歌里用来比喻不长久的恋情。古诗里有"揉蓝"一色，大概就是蓼蓝浸揉出的颜色，很喜欢"揉蓝衫子杏黄裙"，又无端想起"淡黄衫耐藕丝风"，都是很天然的颜色。王安石《渔家傲》词，"平岸小桥千嶂抱，揉蓝一水萦花草"，《观林诗话》云此句乃因其曾见江上人家壁间诗："一江春水碧揉蓝，船趁归潮未上帆。渡口酒家赊不得，问人何处典春衫。""深味其首句，为踌躇久之而去。"此词后又云"忽忆故人今总老，贪梦好，茫然忘了邯郸道"，无端想起"少年离别意非轻，老去相逢亦怆情"，王安石的这些句子都很适合做书名。黄山谷有"山色揉蓝小雨中"，是清润的好天气。宋词似特多揉蓝之色，"泼黛揉蓝画不成，暝色仍含紫"，"山色揉蓝深染，波影青铜新铸"，"揉粉揉蓝酿春色"，令人想起青绿山水画。

18世纪初德国人偶然调配出普鲁士蓝，不久就由荷兰人带到日本，日本画中很快也出现了这种新鲜的"西洋蓝"，彼时叫"红毛绀青"——红毛人的颜料。

秋田藩的第八代藩主佐竹义敦(1748-1785)有两幅燕子花图，皆用普蓝，色泽幽丽。佐竹号曙山，开创洋风绘画，即"秋田兰画"，很有天才，惜乎去世太早。此种颜

江户时代画家佐竹义敦（1748–1785）的两幅燕子花图（现分别藏于神户市立博物馆、秋田市立千秋美术馆）

料在当时来之不易，需从长崎荷兰商人手中购入。1826年后，中国商人从英国进口普蓝，剩余部分倒卖至日本，自此这种蓝色才广泛出现在日本画中。葛饰北斋的《富岳三十六景》就有用到，此画发行量极大，销量甚广，亦足见普蓝在日本的流行了。

　　时已凌晨三点，闲话便到这里吧。匆此，顺颂

冬安

松如

腊月初十，大寒

妹之力

嘉庐君：

　　见信好。昨夜有雪，开启一隙窗扉，栏杆边一束南天竹鲜红的果实，半积了晶莹蓬松的雪。灯光映破的小片夜色，纷纷落着雪絮。惊喜的事：清早开门突然看到冰雪的世界。遗憾的事：天明时突然放晴，夜雪的痕迹全消。而今天早上起来一看，却是遗憾了。只有楼下背阴处八角金盘宽阔的叶子上尚存一点雪的影子。向田邦子在《春天来了》里写到直子虚荣心作祟，在准男友面前编造自家庭园的风物，说庭院里有松树、枫树和八角金盘，厕所边还种了南天竹。那男人很神往，叹息了一句"南天竹啊"。不久他真的到直子家里去，幻景破灭，厕所旁的南天竹其实是隔壁人家的。可见这几种植物，也确实是日本传统民家最常有的。

雪中的南天竹

　　年前柳田国男的《远野物语》和《日本昔话》在国内出了中文版，译者吴菲定居山口县，几年前翻译过金子美铃的诗集，译笔流畅通达，很出色。国内读者对柳田的印象很多都来自周作人《夜读抄》中提到的《远野物语》。可惜他只译了若干段落，多年来读者也只能略窥一斑。《远野物语》篇幅不大，但所述民俗故事年代已久，有些细节无可稽考。且柳田的文章有不少旧文法残留，并不很容易译。吴菲从2006年秋开始着手翻译，经历"迂回漫长的路途"，终成此稿，很可赞叹。

　　去年初夏，在中井书房以极低价买下筑摩书房《定本柳田国男全集》，日常很爱读。周作人称"柳田的作品

1. 家中的《定本柳田国男全集》，若干年前从中井书房购得，常看常新，十分丰富
2. 柳田国男与家人

里有学问，有思想，有文章，合文人学者之长，虽然有时稍觉有艰深处，但这大抵由于简练，所以异于尘土地似干燥"（《苦竹杂记·幼小者之声》），确然如此。说他是文人，盖因其二十岁出头时写过诗，与森鸥外、田山花袋、国木田独步、岛崎藤村等均有交游。然而不久，他考入东大法科大学后，遂放弃属于年轻人的恋爱与文学方面的爱好。大学毕业，他进入农商务省农务局工作，成为国家公务员。这一部门后来分为农林省与商工省两处，农林省今称农林水产省，相当于我们的农业部、林业部、水利部，每年在各大高校招七八十名公务员。说起来各行政部门招人的广告里，当推农林水产省做得最用心，紧扣"自然"、"植物"、"食品"之主题，艺术性可比原研哉给无印良品设计的广告。柳田走上民俗学之路，和他的公务员背景不无关系——因职务之故到东北地区宣传中央政策，对乡野风土产生兴趣，结识民俗学者佐佐木喜善。《远野物语》自序篇首云："此中所记悉从远野乡人佐佐木镜石君听来。"镜石即佐佐木喜善的笔名。

柳田全集卷九《妹之力》一文很有趣。此文探究日本古来的女性灵力信仰，"妹"泛指母亲、姊妹、妻子、恋人等关系亲近的女性。公元前1世纪至公元4世纪之间，日本行"姬彦制"（汉字写法有多种），主张女性作为族群领袖与男性共同统治部落，女性头领即"姬"，男性头领即

"彦"。男性主管军事，女性专事农耕与祭祀。女性有很高灵力，可加护关系亲近的男性。平安时代男子正月的新衣最好由正妻缝制，因关系最近，灵力尤著。文中记述柳田在东北山村居住时的一则见闻：一家兄弟六人皆有疯症，发病时，十三岁的幼妹是首领，指着谁说是鬼，其余五兄弟即冲上去打鬼。行动判断都由幼妹一人。柳田作此文是应当时妇女解放之时流，从古来信仰中追寻源头，颂扬女性调和家庭内部关系与守护家人的能力。这倒的确是日本很多文艺作品的母题，家庭内的分工合作在今天的日本仍相当明显。虽然法律方面很周全地保护了女性平等工作的权利，但婚后辞职当主妇仍是日本社会的主流。宫崎骏作品中的少女也多少体现了"妹之力"。很喜欢冲浦启之的《给桃子的信》，"妹之力"的信仰或可作为理解本片的另一途径。

枕书

腊月十六夜，清辉满室

买纸记

嘉庐君：

3月要回京一趟，故而昨日去城里买纸。寺町通沿途不少清静的老铺，常去的是纸司柿本。柿本是这家姓氏，祖上做竹器生意，百余年前始经营纸业。柿本家子息薄弱，世代招婿养子上门，即所谓女系家族者，直到第五代才有男孩。店里有传统书画纸，也有各色手工和纸，品目繁多。

纸寿千年是很好的说法，从前听到，不免从俗囤了几刀红星纸。然而束之高阁，到现在都没用几张。后来听说，八十年代以后产的宣纸，大率用化学漂白法，不说寿千年，恐怕百年都难。又听说有名些的大书家大画家，都有专用的造纸作坊、造纸师傅，他们并不用市面普通的纸张。我不写字，也不画画，因此只好想象而已。

和纸也有矾与不矾之分。柿本家店内有几排贮纸的

近年名气越来越大的纸司柿本

木架，可细细挑选。店家会递上纸样本与墨笔，供客人试用。纸样从不渗、微渗至渗水良好，各有区分，试用过程的愉快，堪比在琳琅满目的商场化妆品柜台，尝试各种芬芳甘美的口脂、护手霜。书画纸又曰画仙纸，有煮锤笺、玉版笺、罗纹笺、豆腐笺之别。中国产的叫本画仙，日本产的叫和画仙。普通画仙纸价格并不甚贵，当然这里进口的红星宣纸要比国内贵一些。

很着迷的是云肌麻纸。麻纸纤维坚韧，纸色细白，托得住颜色。隋唐五代时麻纸尚且常用，宋元以降，日渐式微，明清时益复难见。正仓院文书中多见麻纸，其后亦湮没不见。1926年，内藤湖南请越前和纸职人岩野平三郎改良以麻、楮为原料的越前和纸，复原麻纸，遂成"云肌麻纸"。柿本家的女孩子给我展开一卷一卷麻纸时，不由怦然心动。很想买，但一则价格不菲，二则我画不了这种好画儿，买回去实在明珠暗投。

《内藤湖南全集》收有内藤致岩野书信三通，是很有意思的资料，姑且翻译如下。一为1930年5月18日，寄自瓶原村，岩野地址为"福井县今立郡冈本村"，书云："拜启，近日长尾雨山翁、狩野、小川两博士访问敝庄之际，对君所制笺纸极感兴趣，嘱予再定制若干，五色，大如支那诗笺，每种四百枚，共计二千张（不需有水印）。纸色

内藤湖南以岩野平三郎所制麻纸纸样作书（今藏岩野家，感谢岩野家后人慨允使用此图）

不必太浓，宜稍淡。此外，小川博士另有预定，请见别纸，需有'小如舟屋用笺'之水印，共五百枚。纸质、大小如别纸所云。颜色用水色。以上二事，多多拜托，请尽快完成……"其时，长尾、狩野、小川、内藤有乐群社，所订制诗笺即为乐群社专用。1930年3月，湖南曾作《乐群社诗草引》，可作参考。

其二为同年9月6日作，"同人各位已收到所制用笺，众皆喜悦。予今番再请订制信封二种，请用水印于内侧左下角"云云。附纸云"小者纸色为薄茶、水色、白色三种，大者一色即可"。

其三为同年10月10日作，云信封已收到，奉上制造费。

湖南善书，对纸亦极精通，去世前不久曾为杂志《工艺》作《纸之话》，后收入《东洋文化史研究》，应该最能见到他对纸张的认识。

京都出身的女画家梶原绯佐子有一幅《静闲》，设色清雅，很喜欢。绘一绾发女子跪地作竖幅画卷，一旁花器内有丰润的绣球。纸上勾画细致，是尚未染色的菖蒲，白磁碟内有朱红、藤黄、赭色、花青、石青等颜彩，是"进行中"的场景，亦是所谓"画中画"。曾在美术馆近距离看过这幅画，每一根线条都看得很真切，令我心折。原画用的似乎是麻纸，画中人用的，或许也是麻纸吧。

1. 梶原绯佐子绘《静闲》，1938年（今藏京都市美术馆）
2. 京都笔店老铺香雪轩，曾在谷崎润一郎小说中出现过柿本家的笺纸也殊有意趣。窄长的"一笔笺",每一叶都印着文雅的图样,有岁时植物、旧时纹样,很可爱。有一种复原的木版印刷方格稿纸,红蓝二色,是明治时代文人们喜欢的。纸色古朴,厚薄适中,钢笔与毛笔都很相宜。还有一种很薄的手工纸,有浅金、薄银、青柳三色,写字可能不十分合适,却是极好的装饰品,名字也好,叫作"洛中之雨"。横山大观画过《洛中洛外雨十题》,中有一幅《八幡绿雨》,画的是京都八幡市附近的竹海,青碧竹林中茅檐掩映,满纸水色,"洛中之雨"正是这样的印象。距离此处不远有笔店老铺香雪轩,主人非常和气,买完纸,总爱去那里呆一会儿。可惜我的画儿不好,也不会写字。

去年夏天随家人到皖西游玩,在一处村落祠堂的民俗博物馆内,获知本地有桑皮纸作坊。桑皮纸以山桑、白桑、条桑之树皮为原料,以杨桃藤、神丹皮、铜藤花为纸药,纸质坚密柔韧,据说质量可比乾隆高丽纸。很想探访一番,可惜行旅匆匆,连纸样都没有看到。当地山中亦产绿茶,名气不大,而色味清淳,很得山川蕴秀。清明谷雨间,若用本地桑皮纸包一捆新茶赠人,应该很有情味。

松如

癸巳正月十一,夜有小雪

靠山吃山

嘉庐君：

此刻夜雨初歇，风也停了，给你回信。前日跟你聊天，发现很多我在这里习以为常的事，你依然觉得新鲜。看来以后我们在信里可以讨论的内容就更多了，也是我描述自己"习以为常"的生活的动力吧。

今天上午，到家附近的一座小神宫散步，爬上很高的石阶，山中几座空荡的木屋，祭祀着没有具体形象的神灵。周围极静，山泉水淙淙而下。有个装备齐全的旅人在山脚汲泉水，装满随身的大瓶，在泉眼跟前合掌默拜，转身离去。这一幕令我想起上周读过的一本书，安田阳介的《吃大文字山》。作者生于1969年，京都人，现居左京区。京大文学部历史系出身，现于民间教学机构讲授日本史，每天都去爬大文字山。书中讲他在大文字山、哲学之道附近采摘各种野生植物的经验。住在山脚下，每周都去爬山的我，很容易找到共鸣。作者自称"现代的绳文人"，真是对日本这类群体的很好概括。他们经常登山、露宿，观察动植物、地貌、山体，对历史、自然都有一定的兴趣。安田在序言里说："现代日本，提起'有价值''有生活能力'，就意味着在公司、职场很卖力，有高收入。但这是现代才有的事情……如果生在绳文时代、平安时代，或是非洲、亚马逊地区呢? 所以'有价值'只是看你生在什么时代、什么地方。能运用自然中的食材自给自足，不是任何时代、地域都普遍通用的能力么? "

这番议论又使我联想起这几年一本畅销小说，有川浩的《植物图鉴》。该小说本为手机连载体，情节简单，讲一位普通女职员在自家门口发现一个无家可归的男人，遂收留他，二人共居的故事。该男子擅长辨认植物，时常到附近采摘可以食用的花花草草，回来做给女主人公吃。小说每一章都介绍了几种植物，如鸡屎藤、蜂斗菜、笔头草、山蒜、芥菜、蒲公英、葶苈、蕨菜、虎耳草、野苋菜等，以此为线索推动故事发展。老实说这些植物并没有几种是美味的，女主人公却品赏得津津有味，并和这发现植物的人产生爱情，恐怕只是都市人的想象，我无法产生共鸣。这部小说，真是平成时代品格无聊的文学作品之代表，令人失望。

再说《吃大文字山》，书分春夏秋冬四章，介绍每个季节山中可以采摘的植物，并有简单绘图。初春，"美丽的绿色温柔地映入眼帘，娇嫩欲滴的萌黄色新芽诱惑着我"，接骨木、千叶萱草、八角金盘、金漆的嫩芽皆可食。不过接骨木多食易腹泻，绳文人的生活不是一味浪漫，作者也常有吃坏肚子的遭遇。蒲公英是他很喜欢的食物，嫩叶煮味噌汤，代替茼蒿清炒，裹面油炸……紫萁与蕨菜是4月的主角，日本人很爱吃，超市也有人工栽培的售卖，一束一束捆得整齐，卷曲的芽尖沾着露水。5月有菝葜，摘叶洗净、煮熟，包糯米饼吃，是端午前后的时物。

初夏摘取樱树的果实，虽然味极酸苦，鸟雀也不食，但勉强可做果酱、酿酒。野草莓是难得真正美味的野果。作者有一回听说南禅寺附近有大梅树，结了许多果子，采也无妨，于是乘夜摘了一大袋。结果被寺里人瞧见，怒问他是谁。当时他租住在法然院附近，就答"我住在法然院那儿"。大概是头发剪得短的缘故，对方以为他在法然院出家，更怒不可遏，喝曰："你既然出家修行，怎么做这种事！"教训一通也就罢了，并没有没收他的梅子。读到此处不觉笑跌。我也曾有夜中忍不住摘取学校柿子、枇杷的时候，被保安看见，对视几秒，对方什么都没说就走了。后来发现附近好多老太太每逢果实成熟，即大模大样携带竹竿铁钩网袋到学校采摘，我采的那些完全不可比——遂消除了罪恶感。作者也很熟悉菌类，夏秋之际常于清晨到

山中落下的秋栗

山中采无毒可食的蘑菇。据他观察，大文字山里竟也有冬虫夏草。

8月16日的五山送火之后，秋天就渐渐到了。麻栎、橡子、栗子等坚果相继成熟。这些我也都拣过，偶尔在落叶丛中刨出几个毛栗子，踩开外皮，发现里面的果实居然还在，如获至宝地带回家，微波炉烤熟了就能吃。野生的小毛栗比大板栗更香甜，生吃也美味。只是不如凌晨即起、全副武装的老太太，等她们拣过一回，我上山时基本什么都没有了。

等到冬天，山中冷落，新鲜叶子与果实基本没有了。不过可以挖取含有淀粉的根茎，譬如葛根、蕨根。作者举伯夷叔齐食薇饿死之例，认为采薇的"薇"即"紫萁"，伯夷叔齐不食"周粟",只食"蕨",最后饿死了。日语中"薇"与"紫萁"皆训"ぜんまい",指紫萁科多年生蕨类植物。而查诸诸桥辙次编《大汉和辞典》,则将汉文与和文的"薇"作了区别,引《史记·伯夷传》"采薇而食"条并注:"正义曰,陆玑《毛诗草木疏》云,薇,山菜也。茎叶皆似小豆,蔓生,其味亦如小豆藿,可作羹,亦可生食也。"此即野豌豆。江户本草学者细井徇《诗经名物图解》中将"薇"解释为蕨类植物,依据是朱熹注语:"薇似蕨而差大,有芒而味苦,山间人食之,谓之迷蕨。"这大概是"薇"与"紫萁"在日语中训为一音的源头吧。据作者回忆,他少年时的教科书里,也将"薇"解释为"蕨类植物"。当时他以为伯夷叔齐避到山中吃蕨类嫩芽,觉得很不可思议——这怎么能作主食呢?后来他认为,伯夷叔齐吃的是蕨类根茎提取的淀粉,这似乎可以说通。可是一般通论认为,伯夷叔齐所食之"薇"实为"野豌豆",与蕨类无甚联系。照作者的推测,比起野豌豆的"薇",可能还是淀粉类的"薇"更让人支撑得久一点。

又一年初春来到,作者到山中搜寻七草。我也曾到大文字山找七草,不过只找到荠菜一种。最后还是去超市买了现成的了事。我喜欢超市里整洁琳琅的食物,是彻底的妥协主义者。而安田则在末章宣言:"在大文字山摘野草,是对破坏自然的国家的叛逆。在大文字山采山菜,是对兴起战争的世界的抗议。到大文字山找蘑菇，是对大量生产、大量消费的近代文明的批判。到大文字山拣果实，是对金钱至上的社会的拒绝。"想过去的几年内，说不定已经和安田先生打过很多次照面了呢。

松如

四月十一，小满前一日

嘉庐君：

近来疏于问候，实在抱歉。这一周与姗姗在京都相聚，感慨飞光如箭。前日你信来，我与她刚从暴雨里回家。今日她已离开，室中言笑恍在，颇感寂寞。闻说夜里有好大月亮，而霖雨如旧，只得闷在家中。

某日读到明廷妃嫔殉葬之事，见《朝鲜王朝实录》世宗实录卷二十六云："及帝之崩，宫人殉葬者，三十余人，当死之日，皆饷之于庭。饷辍，俱引升堂，哭声震殿阁。堂上置木小床，使立其上，挂绳围于其上，以头纳其中，遂去其床，皆雉经而死。韩氏临死，顾谓金黑曰：娘吾去！娘吾去！语未竟，旁有宦者去床，乃与崔氏俱死。"其情悲惨。而明初宫中朝鲜妃嫔不在少数，遂好奇旧时宫中异族嫔妃是否习汉语，又到何种程度。虽可作想象，但未加察考，不敢妄言。又好奇宋末明末渡海赴日的遗民在当地如何生活，如何适应、学习新语言，与当地官府民众有何交往。

周作人《药味集·关于朱舜水》一文中引原公道《先哲丛谈》卷二记朱舜水事十三条之十一云："舜水归化历年所，能倭语，然及其病革也，遂复乡语，则侍人不能了解。"又引同卷记陈元赟事云："元赟能娴此邦语，故常不用唐语。元政诗有人无世事交常淡，客惯方言谈每谐，又君能言和语，乡音舌尚在，久狎十知九，旁人犹未解句。"周作人道："此二则所记，皆关于言语小事，但读了却有所得，有如小像脸上点的一个黑子，胜过空洞的长篇碑传。"此语甚是。

手边有明治四十五年（1912）稻叶君山所编《朱舜水全集》，细读或可觅得一二线索。如卷十尺牍一有《与译者某书》，言"弟以服暑致疾，十八日方得谒见水户上公。上公殷勤款曲，谦恭有礼，博学能文，聪明特达。弟即善于形容，必不能及贵同寅从容谈笑，把盏叙致之为尽也"。水户上公即水户藩二代藩主德川光圀，接待舜水时用到译者，可见舜水并未极通日语。而"善于形容"句，或可猜测朱舜水至少略懂日语。卷二十一杂著有《与洗衣老姥》条，言"余今年寓日本，衣极垢敝，欲求一和灰纫针之人。虽倍其值以倩，居停及邻母无有应者。最后得是姥，为余勤勤浣洗，酬之以钱，而辞。诘其故，但欲得余书二幅"。彼时日本学者虽不能言汉语，但皆习汉文，舜水与之笔谈定无问题。而洗衣老姥必不晓华文、汉语，与之交流，应无译者。或有朋友帮忙沟通，然亦可假想舜水与洗衣妪比划言谈之情状，很有趣。而洗衣妪勤勉浣洗，却不要金钱酬劳，只要舜水书幅，见识不凡。

　　周作人说，文集中的正经文字，"固足以见其学问气节"，"其琐屑细微处乃更可见作者之为人"。漫翻全集，深同此感。如与小宅生顺信中感谢馈赠的角黍，回忆故国风物，"大明国俗，亦以此日裹角黍，投之大江巨川，以饷屈原。且饰舟为龙，棹人别饰巾衣，击锣伐鼓，鼓棹如飞，俗谓之划龙船，亦谓之竞渡。檐际悬菖蒲及艾，所以驱邪也。联云，艾叶如旗招百福，菖蒲似剑斩千妖。贵国风俗大约同是此意"。小宅生顺字安之，一字坤德，号处斋。舜水授业长崎，德川光圀遣生顺西行考察舜水，由是结交，"讨论商榷，切磋不置"。后一通信又云："龙舟竞渡，言之遂使台兄神往，然未知二十余年来，世事迁变何如矣。蒲节无可敬，旅邸如江、汉之濯，因思角黍须糖以蘸之，谨奉上一盒。惟希哂存。"粽子古来即传入日本，《伊势物语》五十二话提及"菖蒲叶包的粽子"。然如今日本粽子做法、形状、材料皆异于我邦，与本地人提起端午，也更偏重"男孩节"（阳历5月5日）的性质，对"端午"之名并无太多本土认同，以为这是中国的节日。又如笔语卷中或问田鸡条，答："田鸡，青蛙也。亦作黾。中食，或蒸，或为羹，或为腊，或蘸面煎饨如饼，俱可。"不知可有日人依言尝试。

　　夜雨渐繁，明日有课，宜早收拾。匆此，顺颂

夏安

松如

夏至后三日

蚊香与蚊帐

嘉庐君：

　　见信如面。

　　你前日提到的神光院，地处北区，我还没去过。那座寺中除有几件出名的国宝，即你所爱的《碣石调·幽兰》（现藏东京国立博物馆）之外，还有颇有名的黄瓜冢。黄瓜上写姓名与年龄，在冢前祈祷后带回家，埋到土中或扔到河里，说是空海所行密教秘法，可封镇诸病。此俗始于何时尚未稽考，有人可惜黄瓜，不过直到江户后期，日本也没有好品种的黄瓜。德川光圀谓此"多毒无能，不可植，不可食"，贝原益轩亦称"此瓜类之下品也。味非良，且有小毒"。以之祛病除厄，倒无不可。

　　今年梅雨短暂，绣球、栀子开得都不好，萤火虫也没有几天。阳台的碗莲倒不错，然而前天查书才知道，这品"昭君顾影"花期很晚，要到7月末，不免担心。网购的十

陪伴多年的旧团扇与小猪香炉，纱窗外是碗莲的新叶

条小鱼到今晚已牺牲一半，可怜它们有很好的名字：杨贵妃。夏天已真正到了，季语有团扇、风铃、蜻蜓、金鱼、空蝉等美妙物事，也有蚊、蚊声、蚊帐、蚊香炉。《枕草子》"可憎的事"就说："渴睡了想要睡觉，蚊子发出细细的声音，好像是报名似的，在脸边飞舞。身子虽然是小，两翅的风却相当大。这也是很可憎的。"

　　1689年初夏，松尾芭蕉来到山形县尾花泽的弟子铃木清风家，《奥之细道》云："至尾花泽寻云清风者。彼虽富有，然志非卑也。时常往来京中，深知旅情。数日宿此，缓长途之苦，亦有周到款待。"芭蕉因有句曰："凉如吾家

安然也。"清风对曰:"香炉常日焚草叶。"香炉焚草叶是为驱蚊,而江户时代尚无蚊香,以松叶、艾草等熏烟辟蚊,并不能杀灭蚊虫,只有驱散之效。幼时在旧家,每年端午帐顶置艾草数捆,待干后捻作细条,盘成一团。夏夜掩之不使其燃烧,但出浓烟,蚊虫不近,然而效力终不及蚊香或灭蚊片。

日本古来有一种陶制香炉,小猪模样,圆眼阔口,上有提手,背后中空,可入蚊香。憨态可掬,常与西瓜、风铃、团扇入画,乃日本消夏之标志。名曰"蚊遣豚",即"驱蚊的猪"。曾在一幅春宫浮世绘中邂逅此物,帐中男女恬然作乐,如胶似漆。床榻一角有黑色蚊遣豚,烧的似乎是木头,浓烟滚滚。可见古今蚊遣豚形状、用法之异同。我居处在山脚,风景固佳,蚊虫也多,隔三岔五总要熏一回。此外窗下门前也挂了好几种驱蚊的药纸。

周作人《药味集·蚊虫药》中有一段:

　　做蚊烟以杉树子为最佳,形圆略如杨梅,遍体皆孔,外有刺如栗壳,孔中微有香质,故烟味微香,越中通称曰路路通。《越谚》卷中名物部木类有路路通,注云,"杉子,落山检藏,以备烟熏"。女儿或择其形大而端正者,用水浸软,拔去其刺,用各式绒线穿孔缠扎,状如绣球,可作端午之彩饰,但近年已几不复见矣。

校内多杉树，以法学部旧楼前后几排年代最久，碧影幢幢。秋冬以来满地杉子，扫也扫不尽。有学生拾来洗净晒干，与松果、橡子、榛子一道，或涂颜色，或缚彩线，点缀案头。更有巧思者，枯莲蓬风干，掏空莲子，碎锦包裹香药作小圆球，复填其中。手工市中可见，一枚约售千余日元，很别致。

海东逸史《朱之瑜别传》载："之瑜在日本苦蚊，有劝幛以纱厨者。谢曰，先世葬域兵后恐遭蹂躏，辗转思维，不敢身处安逸耳。"颇可感叹。而今商场内蚊帐已少见。记得小时候，夏天的晚上，洗完澡，做完作业，钻到铺了凉席的帐子里，抱着半个西瓜挖着吃。有时只远远开一盏灯，窗外的月光照进来，蛙鸣不绝于耳。真如梦一般缥缈的记忆。现代封闭性良好的公寓内少见蚊虫，蚊帐自然不必，何况适于张挂蚊帐的木床也不常有了。

松如

五月廿五凌晨

嘉庐君：

见信好。学期末杂事多，请原谅。上周五晚与老师喝酒，早川同学也在。他在学校总是宽衫大袖，趿草履，张口典故，闭口诗词，很有意思。他还有一位亲弟弟，也爱好汉学，兄弟二人一起参加汉诗比赛，可称佳话。

天已非常热，鸣蝉终日不息，群山蒸起一层白蒙蒙的雾气，令人望而生畏。而七八月间，节日尤多，好像是为安慰酷暑中的人们。昨天的七夕，下周的祇园祭，下月的五山送火和纳凉古本祭，能看到很多穿浴衣的女孩子，很可爱。传统浴衣止蓝白二色，图案朴素，现在不常看到，我却最喜欢。五山送火在8月16日夜里，每年这个时候我都回去过暑假了，还没有亲眼看过。现在就住在大文字山脚下，附近的净土院是大文字山所属的寺庙。点火仪式由山脚居民集体负责，听寺里人说，火床点燃后，蛇群耸动，满山惊走。听了很恐怖，而他们见惯了蛇，一点都不怕，还很爱怜似的。

前日在图书馆偶然遇到明人郑舜功所撰《日本一鉴》，有《穷河话海》、《绝岛新编》、《桴海图经》三编，共四册。此本乃抄本，有填挖与朱笔涂改处，图书馆登记入藏在1931年，暂未考查属于何系统。近来该书被频繁提及，是因中有钓鱼岛乃台湾之小屿的记载。该书版本较多，据渡边三男及大友信一等学者的研究，大约有如下几种：A.山田忠雄藏本（a富冈本）；B.京都大学附属图书馆本（1921年A之书写本）；C.京都大学国史研究室本（b三浦本），为三浦周行据D本转钞者；D.中山大学本，C之底本；E.原北京人文科学研究所本，卷数与C本同，疑为D本之底本；F.北京国家图书馆本，卷数与D本同，怀疑为D本之转钞本；G.三尻浩誊写本，1937年，三尻以C本为底本，以B本补之，誊写印刷而成之足本；H.文殿阁影印本，1939年北京旧书店文殿阁影印刊行之本，牌记云"民国贰拾八年据旧钞本影印"，共五册，《绝岛新编》一册，《桴海图经》一册，《穷河话海》上中下三册。渡边三男认为，此书乃以E本为底本、补以B本而成之足本（『日本一鑑の総合的研究』）。

我目前见到的有B本，分装两函，一函题作"日本一鉴　穷河话海　三册"，每册为三卷，共九卷。一函题作

"日本一鉴 桴海图经"。还有F本，但昔年所用酸性纸已极脆弱，不堪翻检。幸有1996年近思文库影印出版临南寺东洋文化研究所藏H本，开本亦倍于F本，字大好读，颇便使用。

《日本一鉴》各卷卷首均题作"奉使宣谕日本国新安郡人郑舜功纂叙"。《世宗实录》（卷四五〇）嘉靖三十六年（1557）八月廿四日云："（甲辰）及前总督扬直（或作杨宜）所遣郑舜功，出海哨探夷情者，亦行至丰后。"可以知道，编纂本书的直接原因，在于考察"夷情"，即"倭寇"的情形。《世宗实录》（卷四七一）嘉靖三十八年（1559）四月十四日："诏发倭僧清授于四川寺院安置。初，清授随侍郎杨宜所遣郑舜功至宁波，未及，胡宗宪所遣生员蒋洲复以僧德阳至，俱上书求贡市，朝议未允。"

《明史·外国·日本》云："前杨宜所遣郑舜功出海哨探者，行至丰后岛，岛主亦遣僧清授附舟来谢罪，言前后侵犯，皆中国奸商潜引诸岛夷众，义镇等实不知。"

犬冢盛纯著《历代镇西要略》卷七上云："弘治二年丙辰，秋七月，大明之官使郑舜功来丰后。"

有关郑舜功其人生平、赴日年代、在日交游等问题，『日本一鑑の総合的研究』一书的解题部分已考述甚详，兹不赘述。单从书中摭拾若干有趣片段，与你探讨。

如《穷河话海》卷一时令条："（正月）十四日，禁中男蹈歌，皆发祝颂之词。望日清晨，俗以白米、小豆为粥致祭地祇。国郡所村童子成群，手持一物，谓羽子板。及刺杖，遍入人家，搜求不育之妇，见即挞之。童谣曰，汝快生儿。"此俗于《枕草子》亦可见描述，从前在信里说过。

"（三月）三日作草饼，祭祖先，桃花泛酒，以为乐。""（五月）祭贺茂神，俗云贺茂祭。"即葵祭也。其余种族、姓氏、国君、职员、疆土、城池、关津、桥梁、道路、室宇、人物等条，均记载详备。郑舜功居留日本只在丰后（今九州大分市）一地居留半年左右，观察却相当细致准确。

《穷河话海》卷二草木条是我感兴趣的。举凡三百五十六种，如："牵牛花：其名朝颜。""槿：亦名朝颜。""八仙花：或即绣球花，彼秋花也。""栀子：其名无口。"载和汉之名，虽甚简略，但中国素来罕知植物和名，与日本本草学考究和汉双名有所不同，故亦可一提。

同卷"器用"有怀纸、双纸、檀纸等条。曰笔，下注："出山城，管小奈书，海市羊毛而作，宋端拱间进鹿毛笔。"曰墨，下注："出大和东大寺，烧煤为之，漆墨退光。宋端拱间进松烟墨。及有麝煤、油烟、玄云之称。"东大寺在奈良，该地有制墨老店古梅园，可见来历确久。曰琴："有五弦、焦尾、焦桐之称……常陈紫宸、清凉、白虎内教坊。"言服饰："不拘冬夏，腰恒佩扇。又多藏纸于襟

奈良制墨老铺古梅园京都分店

内，以便唾涕，不致污席。"此即怀纸。"或持数珠，为之念佛。履以草作，半于足掌。自底左右缀一横梁于中，中缀一鼻，联着底前，约入沿里几寸许，内于拇指凹间。凡行步跟不着地，尖脚而行。"此处描摹精准，可参照绘画、影视剧中日人行步之姿态。"（妇）螺髻屈髻，独簪而无金银首饰，多用胭脂即黑齿。若闺女多以玄丹抹额，为避水妖故也。"日本古代女子首饰确少金银珠玉，材料多为玳瑁、龟甲、铜、琉璃、贝壳。"衣无裈裆，有裙襦，横幅结束以缓步。长衣绦束，加以锦绣，仍束绦。若或出门，则多被发，再以衣蒙其头而露其目。冬衣皮袜，着皮席履以行之。凡遇节届，多诣佛寺。手搓数珠，欠身而退。"

郑舜功所在的年代，日本寻常女子多着小袖和服，上下通体，并无分截。裙裆虽在平民中不常见，然公家、幕府等贵族女性仍有着上襦下袴者，即文中所云"裙襦"。"横幅结束以缓步"的描述也很准确。"手搓数珠"的描述亦可注意，今日日人在佛前祷祝，普通人亦常手持念珠，虽各宗派念珠格式有所不同，但拜佛念佛时，的确仍是双手相搓数珠。最初看到，很觉新鲜。有意思的是，韩国似乎也如此拜佛，不知彼此有何渊源。

饮食条言"以碗大小定尊卑，常饭不至饱"，又言十年以来倭患甚重，虏至日本的国人遭遇悲惨，食物粗劣，"向为夷岛犬豕也"。

卷四"文字"记载平假名、片假名及万叶假名，笔画扭曲难辨，亦有多处错讹，故恐非日人所抄。卷五"寄语"收录三千四百零四字，按天文、地理、时令等列作十八门，以汉字标注和音。这三千多字并非郑舜功一人之力所为，乃参照当时已出版的假名注音辞典，改以汉字标音而成。不但是汉籍中少见的资料，所收字目比日本室町时代出版的国语辞典还多，是语言学方面极珍贵的文献。大空社"古辞书研究资料丛刊"第十三卷（1995年）收入《日本一鉴》所出六千余种词汇，很多词发音与今相同或接近，如"月"读"兹气"，"云"读"固目"，"桥"读"法世"，

"蚊"读"佳","清"读"气欲世",等等。宜视为当时可靠的和汉字典,不知朱舜水当年可曾见过此书?

夜已深,明日尚有课,匆匆就此。家母明晚将至,本周可能同去某处旅游,到时信中再说。顺颂
夏安

松如

六月初二,小暑后二日

张謇在京都

嘉庐君：

见信好。暑假一别，转眼已两个月。当时挤公交车将《张謇全集》从南通背回金沙家里、又费了很大力气背到北京的情形，似乎还在目前。犹豫要不要带到京都，发现学校人文研已购入，实在万幸。

暑假读了《柳西草堂日记》中的东游部分，留意到一些有意思的细节。光绪二十九年（1903），五十一岁的张謇制定东游考察农工及市町村小学校计划，过九州的五岛，自长崎登岸入关。经内海到山口的下关，即马关。今日这两地有JR与高速公路，交通甚便。又自下关经濑户内海到神户港，在大阪、神户、京都一带参观考察约二十日，方东行往静冈、横滨、东京、青森、北海道等地。我最熟悉并最感兴趣的，自然是关西之游历，尤其是京都的活动，有许多细节颇可探究，且在信中略论一二。

农历五月十九日的记载，张謇"挈一衣囊与实甫同附汽车，九时启行，十时至西京"。实甫即孙淦，浙江人，侨居神户经商，张謇在关西时由其陪同。

"寓麸屋处町柊屋旅馆"，即京都中京区麸屋町姊小路上段中白山町的柊家旅馆，是京都著名的传统旅店，创业于1818年，今已传至第六代。"主人西村庄五郎"，柊家旅馆的初代主人来自福井县，最初做海产品生意。柊是木犀科木犀属的一种植物，是桂树的近亲，为日本庭园常用树木，花朵细碎如白米，香气极清郁。京都下鸭神社西南角有一座很小的比良木神社，据说不管在里面种什么树，最终都会变成柊树。这当然不可能啦，但神社内的确种满柊树。柊树叶片坚硬有锯齿，鬼很惧怕，所以据说可以驱邪。从前也跟你讲过，古有春分时以柊树枝穿沙丁鱼头挂门口驱鬼的风俗，如今京都奈良地区尚能见到。这位创始人很喜欢柊树吉祥美好的涵义，就拿来作了店号的名字。川端康成常宿于此，曾云："抵京之夜，见到端坐在柊叶染纹坐垫内侍女洁白的衣裾，就知这旅夜如此亲切，令我安心。"据初代主人的年龄推测，张謇见到的西村庄五郎，应该是第二代主人。日本老铺主人的名字像店号一样，可以继承，几代不变。

"见岛津源吉"，岛津源吉是岛津制作所的第二代社长的弟弟，担任常务董事，其子岛津一郎为第三代社长。

"自其父习艺于美国人，源吉兄弟嗣之，业益昌"。岛津制作所是京都著名的精密仪器、医疗器械、航空器的制造企业，创业于1875年。初代主人岛津源藏是京都人，和萨摩大名岛津家并无血缘关系，但祖上曾受岛津家褒扬，故而可以使用岛津家的圆圈十字家纹。熟悉幕末历史的人都对这圆圈加十字的纹样毫不陌生，如今京都市政府旁的岛津创业纪念资料馆的外墙还有这醒目印记。

"导观水利事，初观水力发电场，水自琵琶湖过山隧而来"，即著名的琵琶湖疏水系统。京都的用水基本来自滋贺县的琵琶湖，第一疏水道完成于1890年，第二疏水道完成于1912年。张謇去的时候还只有前者。琵琶湖疏水计划是京都府第三代知事北垣国道一手促成，总设计师是著名的土木工程专家田边朔郎。设计完第一疏水道后，他就与北垣国道的长女成婚。次年建成日本最初的水力发电所——蹴上发电所之后，前往东京大学任教。张謇评价北垣的功业不下李冰父子凿离堆。而当时赴日考察实业者，大多会来京都参观这琵琶湖疏水工程。这一日，他还"访染织学校金子笃寿"。该校是创立于1886年的染工讲习所，1894年改为京都市染织学校，1919年改称市立工业学校。后为市立第一工业学校、市立洛阳高等学校，今为市立洛阳工业高等学校，相当于职业大专院校。

第二日，张謇在岛津源吉、金子笃寿的陪同下参观染织学校的教室与工场。又"至盲哑院"。创立于1878年的京都盲哑院是日本最早的盲哑学校,1925年盲、聋分离,改称市立盲学校,后来舞鹤地区亦有分校,此名一直沿用至今。

当日午后,"抵大学院长木下,直木下病气卧床,见其执事某郎,略观设置大概即返。大学院本非我之所欲观也"。这个"大学院",即京都大学。木下即京大第一任校长木下广次。木下出身于司法省法学校,拿到巴黎大学法科的博士学位,归国后担任东京大学法学部讲师,后任同校校长。1897年京大创校,木下就任校长,采用德国大学系统,所倡"自由学风"影响至今。他比张謇年长两岁,当时的确身体不佳。那之后过了七年,就病逝了,墓地在京大附近的金戒光明寺内,依傍文殊塔,碑石阔大。特别留意基础教育的张謇对京都大学的兴趣似乎不大。是日还"以博览会优待票游御所,明治天皇维新前之宫也。有清凉堂、紫宸殿",对殿内屏风绘有详细描述。"殿不瓦,累木片厚尺余盖之,气象亦宏",即日本传统建筑的"桧皮葺"也。奈良、平安时代的官方建筑与私人建筑的区分之一即是盖瓦与盖桧皮。譬如御所正殿大极殿即盖瓦,天皇私邸紫宸殿与清凉殿均覆桧木皮。

二十一日上午,张謇独在旅馆内,见"八云琴","琴二弦,略同中国琴制而短窄,下承两足,有大小徽二十余。主

金戒光明寺内的木下广次夫妇墓

人谓是日本古风之琴也，初至一弦，后乃两只。令一小女
子鼓一阕，不终"。八云琴为二弦琴之一种，长约一米，宽
约十二厘米。左手中指按压，右手食指弹拨。据说是文政
三年（1820）伊予的中山琴主所创，又称出云琴。今日传统
雅乐演奏中仍可见其身影，我曾在某些神社见到现场演
奏，配古曲吟唱，可称清越悠扬。旅店主人索书，张謇作
诗云："恒伊到处堪吹笛，饮酒公荣与不如。况为八云成一
奏，何妨竟作换琴书。"不知此书是否尚在天壤间。这日
午后，张謇前往名古屋，结束了京都短暂的三日之旅。

关东、东北之旅后，张謇回到大阪，归途与来路略微

不同，不走海路，而经陆路至冈山县的仓敷，沿途考察盐业与小学校。又至下关往长崎，坐船回上海。

　　不知日本是否还有关于张謇的未经发现的资料，张謇与内藤湖南的交游，也值得关注。当时内藤还没有到京大任教，身份是大阪朝日新闻的记者。若有人为东游日记作些详注，应不失为有意义的工作。

　　　　　　　　　　　　松如

　　　　　　　　　菊月己未日，霜降将至

又逢古本祭

嘉庐君：

　　见信好。前天知恩寺一年一度的古本祭又开幕了，是我来京都后的第五次。进场前决心很坚定：要把持住，尤其是套书，千万不能买。去年冬天搬家，几十纸箱书不仅使我大受折磨，也令搬家公司的青年们苦不堪言。入住新家的当晚，在尚未整理的书堆中几无立锥之地的我，痛定思痛：在外租房，买书千万节制，套书更要谨慎。一位家有十万藏书的老先生上课时常头痛如何管理书房："太占地方，太费精力。"有段时间，他向我们力荐手摇式书架，说大大节省空间。过了几天，他沉重地跟我们讲了一个故事：阪神大地震时，有位老师死于自家书房手摇式书架砸下的大量书籍。"书架过于密集，书太多，杀伤力比一般书架更可怕。诸君还是谨慎买书，多用电子图书的好。我现在一天能下载一万本书，过去十万卷楼可不得了，现在轻松网上搞定。"

  不知是这几年京都旧书市场不景气，还是我常逛这些店，粗略一看，并没有特别心动的书。今年看来也没有什么老师退休，没有见到大批量的私人藏书。去年川合康三老师退休，去台湾大学做客座教授之前，把不要的藏书全部出售给菊雄书店，因而出现大批学生抢购的盛况。当时以极低的价格买下《大汉和辞典》、《全唐文》、《中国丛书综录》、《宋诗话辑佚》等书，开心了很久。今年菊雄家还摆出了去年没卖完的川合老师旧藏书，有些价格在去年的一半。翻检一通，或是常见的诗文集，或是套书中

一连数年，菊雄书店家都有大量川合先生旧藏，被书客们反复拣选

的散本，似乎实在没有能买的了。

到寺庙正殿默坐一会儿，准备离开。阿弥陀堂前照例有一堆套书。去看么？很踌躇。还是去看看吧，要有定力。《青木正儿全集》、《北原白秋全集》、《神田喜一郎全集》、《正仓院染织纹样》……这些年，来日本买书的国人越来越多。比如这时，就有一群北京来的客人买下集英社出版的巨大的美术全集，有《日本美术》、《东洋美术》、《西洋美术》，价格昂贵，图样清晰，适合研究、收藏。我路过他们身旁，听到他们说："太便宜了！"不由肃然起敬。好在这套书研究室有，平常利用率很高，我就不一味羡慕他们的财力了。

正要转身，忽而见角落赫然一套全新的岩波文库版《宫崎市定全集》。以往好几次想入手，从未遇到如此合适的价格。然而说好的定力呢？费了很大的力气才离开阿弥陀堂，心想，扫描版都有了，要环保，要推崇无纸化，说好要克制的。

恍惚回到研究室，到底牵肠挂肚，坐立难安。强忍片刻，终于回到寺内。被人买走了么？那是极其遗憾的。没有被买走？那太好了，断不能错失缘分。恰好遇到扬之水先生，提及此事，她怀里正抱了一大堆看中的画册，斩钉截铁道："买呀，怎么不买？喜欢就得买！"我受到极大鼓舞，立刻飞快跑去，万幸，书还安然在那里，迅速买下。暮色四合,当天书市就要结束。街巷传来小车起伏的叫卖:"石烤红薯啦——"秋冬的调子。此刻的满足,以及近乎窃喜的愉快,你是知道的。

枕书

菊月壬辰

```
雪
天
的
猫
旅
馆
```

嘉庐君:

　　每年12月底至1月初,为"年末年始",商店闭户,回乡省亲的人挤满车站。从周兄自北京来,与我在此度岁。赶在岁末各大博物馆、纪念馆开放的最后一日,与他去了素有"小京都"之称的金泽。

　　金泽在日本北陆地区,古属加贺藩,是规模仅次于江户、大阪、京都的大都市。二战时幸免于美军空袭,故而历史风物保存完好。此地山水清美,有犀川、浅野川、奈良岳、卯辰山。亦多出文学家,比如本地人引以为傲的泉镜花、德田秋声、室生犀星。我也是通过他们的作品知道了金泽,想亲见镜花笔下"河川长流,远山静度松风"、"流水温柔,青色浅滩如柳叶款摆"的浅野川,远眺"荒海茫茫,晴空温静,海岸波浪荡漾而来"的金泽海岸。

　　从周没有住过日本传统民家,只常听我描述和式房间的"阴翳之美"，所以选定兼六园附近一户一百五十余年历史的家庭旅馆，主人祖上出身武家，如今养了两只猫。

我们凌晨从京都坐琵琶湖线，转北陆本线往金泽。起先窗外一片漆黑，行到彦根，忽而看见大雪扑窗而来，天色渐转深蓝，小站站牌全被积雪覆盖。到米原天已亮，穿过白雪世界，车内有好几人都轻声回忆起《雪国》开篇的那句。

近午到金泽，最先去市立安江金箔工艺馆。展馆在浅野川边，雪很大，据说是今年的初雪。时辰尚早，河畔积雪十分清洁，尚无足印。浅野川大桥、梅之桥、天神桥，风情各异。浅野川是"河川长流，远山静度松风"（《义血侠血》），"此川流水温柔，青色浅滩如柳叶款摆，故曰女川"（《由缘之女》），梅之桥是"如京都团栗桥的崭新小桥"（《卯辰新地》）。梅之桥内部为钢结构，外部装饰木构高栏与檐袱，建于1910年，因此在镜花笔下还是"崭新小桥"，后虽经两度重修，仍有浮世绘的古朴之风。

浅野川大桥至梅之桥间，北岸为秋声之道，南岸为镜花之道。因为北岸东茶屋街附近有德田秋声纪念馆，梅之桥畔有镜花《义血侠血》的泷之白丝纪念碑。《义血侠血》是镜花成名作，讲有"泷之白丝"美名的水艺人（水艺即日本传统的喷水杂技）水岛友在浅野川天神桥邂逅青年村越欣弥，并约定资助他赴京学习法律。学成在即，白丝预备给欣弥的一百元却被盗贼夺去。白丝担心欣弥着急用钱，拿盗贼留下的刀从另一对老夫妇处夺得百元，因被认出，混乱之际杀死了这对夫妇。法庭上的代理法官即是欣弥，白丝黯然憔悴，供认不讳，被判死刑。欣弥恐与恩人幽明永隔，再不相见，回家后也自杀。由此改编的《泷之白丝》多次被搬上荧幕与舞台。

浅野川大桥南侧下新町是镜花旧家遗址，今有一座二层木楼，是为镜花纪念馆，后门正对名为久保市乙剑宫的小神社。"我居住的地方，有一条细长的东西向缓坡小路。两侧是不经商的普通人家，见之可亲。是市中心极好的地段，一头连接大路，一头却不通，因而人迹罕至……每至黄昏，与伙伴约好见面的地方，就在小路对面的县社乙剑宫内的花岗岩鸟居内。"（《由缘之女》）馆内有三间展厅，陈列各种手稿、书函、器物、出版物。镜花的小说装帧精美，封面、插图均出自当时著名画家之手，如镝木清方、鳍崎英朋、桥口五叶、小村雪岱等，有"镜花本"的美称。其中交情最厚的，是清方与雪岱二人。在我看来，雪岱的画风与镜花文章最相宜。雪岱笔致柔和，线条纤细，用色清简，女子瘦削伶仃，有铃木春信、歌川国贞的遗风。

在馆内还看到雪岱与堀尾成章共同写给镜花的一通长信，时间是1929年2月18日。当时雪岱在汤河原温泉养

1
—
2

1. 浅野川及其上的梅之桥，都曾在镜花笔下出现过
2. 雪中的泉镜花纪念馆

病，镜花则在创作新小说《山海评判记》。堀尾成章是雪岱创作的第一册"镜花本"《日本桥》的出版商。信上有雪岱两帧笔触清浅的小画，一为竹篱、南天竹、红梅白梅，一为柚子、茅檐与麻雀，十分可爱。《山海评判记》是以能登的温泉为故事舞台，讲述白山姬神的志怪小说，大受柳田国男的嘉许，近有二人合集，曰"柳花丛书"。说起来，镜花与柳田的相识早在明治三十一年（1898），当时镜花寄住在东京大学的同乡友人处，"从窗户里跳出来，飞奔过来"，这是柳田国男对镜花最初的印象。镜花执迷的怪谈故事属于民俗学范畴，二人自然大有共同话题。《远野物语》对镜花亦多影响，曾作书评《远野奇闻》，称"再三阅读，尚不知满足"，赞曰"近来的快心事，乃此无比出色的奇观"。柳田评镜花，也有"超越时代"的赞语。《远野物语》故事的讲述者佐佐木喜善是柳田的挚友，也十分喜欢镜花的文章，并以"镜石"之名创作小说。纪念馆庭院内山茶开得很好。午后雪越来越大，屋檐上时有积雪轰然砸落，惊起躲雪的鹡鸰。

赶至旅馆，见到一座古老的二层木楼，院内一株粉山茶晶莹可爱。夫人招呼我们进来，屋内烧煤油炉，十分暖和。玄关处的清供是一只大柚子。一楼属主人家的空间，二楼有两处客房。此番只有我们二人入住。夫人为我们打开木格纸窗，玻璃窗外恰好一株覆雪老松，忍不住赞叹。

夫人道："如今年轻人还是爱住快捷酒店，你们愿意来住我家的旧房子，我很开心。"

室内陈设简朴，桌几衣架皆为江户时旧物，床之间的壁上是一幅秋霜寒菊图，所署年代在明治初期。外间雪片如扯絮。喝了夫人准备的热茶，吃了生姜味的砂糖薄饼，我们下楼找猫玩。这家的猫，老大三花，叫阿玲，已经十八岁。老二是黄白短毛，叫沙那，七岁。阿玲在被炉里睡觉，没见沙那，问夫人去了哪里，夫人说，吃鱼去啦。邻居居酒屋家鱼好吃，它天天要去。就坐在被炉里和阿玲玩，夫人拿了橘子来。我告诉从周，被炉、猫、蜜橘，正是日本传统人家冬季的风物诗。

不多时，纸门哗啦一响，钻进一只满身雪粒的大胖猫，是沙那。夫人说，快来，有客人。沙那凑到我跟前，兴高采烈舔我脸，满嘴新鲜鱼味儿。我笑，啊啊，你吃了很好的鱼嘛。

夫人讲，我家的猫呀，出门不翻墙，要光明正大走正门。开门是会的，哐当，推拉门就开了，但是不会关门。所以我家永远开着一隙门。沙那在我衣服上睡觉，焐得滚暖。夫人拍它，好啦，好啦，起来啦，客人要出门玩啦。沙那说，喵。不走。夫人用力拍它，起来啦，起来啦。还是不走。夫人就把我衣服拉出来，沙那不满，又玩了一会儿，和从周继续出门看博物馆。

随便吃了一碗拉面，冒雪到犀川对岸的室生犀星纪念馆，奈何临时闭馆。犀川与泉镜花称为"女川"的浅野川对应，有"男川"之名，又有"菊水川"的雅称。步行往长町的武士旧居长街散步，浅沟内清流潺潺，路边积雪近盈尺，不时有人被屋檐上滑落的雪团砸中。

　　五点钟光景，雪密得睁不开眼睛，伞完全遮挡不住，绕金泽城往金泽文艺馆去，路上行人寥寥，只有埋头暴走。金泽文艺馆的建筑从前为银行所用，银行倒闭后，作家五木宽之建议时任金泽市长的岳父冈良一将此建筑改为文艺馆。馆内有五木宽之的作品展与历届泉镜花文学奖的作品展。暖气开得极足，一扫大雪的寒气。近六点时离开，在市政府附近的小巷吃了热滚滚的荞麦面，回旅馆。

　　阿玲还在被炉里，沙那又出门了。泡澡时听见沙那在窗外叫，出来时果然见它回来了。夫人说，金泽呀，多雪。夏天热，潮湿。不好过，还是春与秋最好，和京都一样。你下次一定要在春秋时来，虽说像京都，但还是不一样。这里靠海，有螃蟹吃，有海鸥。你下次来，要把这里当成你的家乡才好。从周不懂日文，我虽有心翻译，也难句句传达。而他据我们的神情语调，也知是温柔的谈话。夜深雪密，猫皆睡下。房间的一角居然有一张很旧的棋盘，不知是谁用过。本想下棋，但太困了，须臾入梦。

夜里隐约听见纸窗外簌簌的声音，清晨启窗看，原来是雪粒敲打的响动。天井一片晶莹琉璃色，鲜红、轻粉、洁白三色的山茶花。

次日起来，楼下玄关跟前换了花束，竹枝、南天竹、山茶，清供仍是一只大柚子。附近寺庙的一位老人送来一抱新鲜的梅枝，虬曲多姿，花朵还没有绽开。与夫人和两位猫君告别，天气转晴，而雪仍未止。夫人说，金泽一时晴一时雨一时雪，你们一定带好伞。虽只一宿相处，彼此却很不舍。夫人拿一种梅花状的点心给我们，说是金泽过年一定要吃的："新年快乐。你们下次一定再来，说不定那时候是带着你们的孩子来，多美好呀。这点心太甜，不大好吃，只是祝福的意思很好。"同主人约定若干年后重回，也是家庭旅馆独有的人情风味，深可怀想。

走到兼六园，天又布满乌云。芥川龙之介、室生犀星等人均在兼六园的三芳庵别庄住过，金泽本地出身的室生犀星曾在金泽地方法院工作，朝夕路过兼六园，更是对兼六园感情深厚，多次在小说、随笔、诗歌、俳句中提及。梅园花朵沉寂，曲水清澈，所喜游人不多，几方清池倒映"雪吊"老松，真是清凉寂静的好世界。雪吊是在树干附近树立高柱，用草绳将枝干吊起固定在柱上，以此防止积雪压断树枝的技术。最开始用于防止苹果压断树枝，后来广泛用于寒冷的北陆与东北地带，以免积雪压弯枝头，当兼六园的"雪吊"

中又以兼六园的雪吊风景最为出名。

近午离园，步行往东茶屋街。晴空下浅野川银光闪烁，残雪晶莹。有大群海鸥盘旋其上，又至川岸歇脚，路人经过，不以为扰，淡然伫立，十分可爱。东茶屋街人家门口多见倒挂的纸裹玉米，查问方知是此地特有风俗，每年夏季，本地东山真言宗寺庙观音院有玉米祭，这些玉米有招福除厄之功，家家取回悬于门下，一年一换。

茶屋街东北方，便是卯辰山山麓寺院群，为藩政时代遗留的寺庙，共五十余座。规模虽都不大，但分布密集，隐身起伏的群山之中，丛林掩映，风致盎然。先到宝泉寺，后过慈云寺，路过莺之谷。积雪下枯叶堆积，一枝残留的绣球花在青空下，叶脉清晰透明。积雪上有犬的足印。小

家家悬于门前的除厄玉米，有的裹着纸

石碑铭文曰：此处从前荒凉幽深，有群莺聚来，其声清婉，故得此名。

四下空寂无人，山风刺骨，路遇黑猫一匹，平静对视。地图所指莲昌寺就在百米内，然遍寻不得。问小神社内居民，亦模糊不知。莲昌寺是镜花最后的小说《缕红新草》的背景地，在此远眺金泽风景："荒海茫茫，晴空温静，海岸波浪荡漾而来……雪国市街沐浴薄雾，一片青白。"狭窄山道忽而一转，前方密林隐有山门，趋前一望，果为莲昌寺。山道旁开满水仙，寺内空无一人。登高眺望，乌云压城，不见远方的日本海。

转至西养寺，属天台宗，本堂建造于天明四年（1784），为歇山顶建筑，正面有唐破风的玄关，阔七间，深八间，与境内的钟楼（建于1851年）同为金泽市内江户时期寺庙建筑的代表。庭院内开满山茶，寺内有年青人铺设防滑地毯、更换钟楼四周注连绳的纸垂。指给从周兄看，他正问纸垂为何物，那青年手里一叠纸垂忽被大风吹散，帮忙捡起，告辞下山。

复至真成寺。寺前有大石榴树，石榴掉落满地。寺内供奉鬼子母神，镜花幼时曾由母亲牵手至此，在《莺花径》中，有这样的记录："母亲相信鬼子母神，总是说那菩萨会保佑小儿，因此时常过来。"寺内方寸地界，本堂门亦紧闭。

誓愿寺的大黄猫

　　过誓愿寺，廊下独有黄猫一匹，睡在蜜橘纸箱内。山茶花、枸杞子、椴树，在斑驳木墙的背景下。天渐有细雪，匆匆至本光寺、妙正寺，又至全性寺。此处为镜花母家的菩提寺，镜花母家祖上是能乐师出身，寺内墓地多葬能乐师。《夫人利生记》里写道："他母亲家的菩提寺在前面，曾在这一带的寺内扫墓。这里俗称赤门寺……朱漆大门，安置左右的金刚神亦作丹红，不论哪一件都可以得来此名吧。据说住持也颇有见识，寺庙很有名气。仁王门的柱子上挂着许多大草鞋——有的足到大人胸口那么高，非常重，像是稻草做的木乃伊。这是他从小就见过的，如今仍然未变……山中远远闻见寂静松风。"朱漆大门，红色金刚神，大草鞋，如今也丝毫未变。而后者正是镜花所说"催人动旅心"的草鞋，据说可以保佑腿脚康健，远足无虞。

原想往镜花家的菩提寺圆融寺与镜花幼时见过摩耶夫人像的妙善寺看一看，但天降大雪，两地相隔又远，遂作罢，下山去车站。

此行最大的遗憾是没有来得及寻访任何一家旧书店，不过倒是邂逅了不少新书店。

四点三十八分坐车离开，北陆线转湖西线，湖西一带的雪比北陆更大，夜空时有闪电照彻。在温暖的车内昏昏欲睡，窗外雪粒声音响亮。九时许回到京都，气温较金泽高出三五度。年末气氛浓郁，车站内多是大包小包回乡省亲的人。回到住处，天上星光明亮，隐约见大文字山头有零星积雪，想是去金泽的凌晨留下的初雪。

松如

腊月初三

镜花本

嘉庐君：

这次真是"睽违已久"。前段时间，整理这三年的通信，心想如果不是你敦促，大概不可能写出这些。父母很喜欢你寄来的报纸，我写的书，他们就没这么大兴趣。登在报纸上，他们觉得亲切新鲜。这一切，都应感谢你。

观剧之后的生活，无非辗转忙碌而已。2月回国，3月回京都，4月又回国。等再回京都安顿好，已是春将过半。想看紫藤，但城里都已谢了，只好到遥远的山里。5月11日骑自行车去西北郊，日记云："途中所见翠绿群山，比4月更深浓。杜鹃零星，紫藤所剩无多，远远能看到几片紫色。浓荫地里常见大片紫色落花。"

从山里回来，在鸭川边的花店买了牵牛苗、牵牛种子、青椒苗、番茄苗、秋葵苗，回家种下。后来，青椒和秋葵未活，牵牛种子发的苗很细瘦，缺肥。想补种，但没空去买。且时序不候，错过几天，也赶不上生长期。自己种菜，须有这点觉悟。不过牵牛苗已长成，每日接连开放薄蓝色花朵，我最喜欢。番茄品种好，结果甚多，已有熟红的，很高兴。

有时看季节变换，或是遇到什么书，看了什么剧，会想，倒是适合写信给你。但那时点一过，不是忘记，就是不觉得有意思了。好在眼下还有一件想跟你分享的事，那就是小村雪岱的镜花本。

几年前写过泉镜花，对其装帧精美、已成绝唱的"镜花本"印象深刻。去年年末在金泽的镜花博物馆，也见到几种，的确很美。泉镜花的小说，在时代交替之间，虽也有近代背景，但内核是江户风情，妖异、凄美、幽寂，极宜入画，适合搬上舞台。合作过的插画家也都是善画古典美人的浮世绘名家，如镝木清方、鳍崎英朋。而当中，最与镜花作品相契的，我认为是小村雪岱。雪岱的名气，似乎不如清方大，不过二人与镜花交情都很好，合作许多。雪岱是日本画专业出身，读书时结识已成名的镜花，尊其为恩师。雪岱之名就是镜花所赐，实在精准贴切。我最初爱雪岱的画，也因他名字好。

写作画画很看天分。我以为雪岱就有天分，更难得勤勉。他临摹过大量浮世绘与绘卷，最擅线描，有"昭和春信"之誉，即说他有江户浮世绘名家铃木春信的风骨。的

镜花本《日本桥》，小村雪岱插图（原本市面少见，价格颇昂。而我手边"名著复刻全集 近代文学馆"系列的复刻本就价廉易得）

确，雪岱的美人清秀瘦长，不难看出春信的影响。但模仿春信者何其多，能独创"雪岱调"的，却只有这位。他用色，都是传统色，较少用明治大正鲜艳的化学颜料。画春柳垂曼，草席上静静一张琴。纸门，草席，占据画面绝大部分，右下角一把描金舞扇，左上角一格小窗，女子小半个背影，脖颈低垂，顶上细瘦一弯月。画街市，夜幕低垂，小巷纵深，想起金泽浅野川畔的茶屋，也是如此风景。夜空一轮满月，星光点点。街巷当中的女子提衣回顾，衣裳的颜色，只比天浅一点。凡此种种，都非常喜爱。有一段时间，他为报刊连载小说作插图，全用白描线稿，极精彩。有一幅，画雨天，纸上共十六把伞。只看得见伞下隐约的人，半张焦灼的脸，其余全是茫茫雨线。

镜花先于雪岱一年去世，辞世俳句是："露草共蓼花，我心多怀念。"在镜花纪念馆，我看到过雪岱为之所绘的露草与蓼花。镜花的墓地也是他设计，周围种植绣球、山茶、茶梅、花楸树，都是镜花生前喜爱的植物。

松如

榴月乙丑

盲女之歌

嘉庐君:

平常给你写信,都在夜里。写信和写日记一样,最好一天琐事都已放下。今天小病,在家偷懒。黄昏躺着读买了很久但一直未看完的小说,就是那套《古书堂事帖》,很精彩。夕阳缓缓沉落,一片寂静。忍不住起来看窗外,余晖浓淡,涂满天际与群山。万树之影,婆娑明灭。古人多有病中诗,想是这样的时候,看世界,想问题,都与平常不同。

向你推荐一部电影,《孤苦盲女阿玲》,筱田正浩导演,改编自水上勉的同名小说。讲自小失怙、又被母亲抛弃的盲女,行游各地,卖唱为生,坎坷凄惨。我国古代也有职业盲女,田艺蘅《留青日札》卷二十一:"曰瞽先生者,乃双目瞽女,即宋陌头盲女之流。自幼学习小说辞曲,弹琵琶为生,多有美色。精技艺,善笑谑,可动人者。大家妇女骄奢之极，无以度日，必招致此辈，养之深院静室，昼夜狎集饮宴，称之曰先生，若南唐女冠耿先生者。淫词秽语，污人闺耳，引动春心，多致败坏门风。今习以成俗，恬不知怪，甚至家主亦悦之，留荐枕席，而忘其瞎，真异事也。"田汝成《西湖游览志余》卷二十亦云："杭州男女瞽者多学琵琶，唱古今小说平话，以觅衣食，谓之'陶真'。大抵说宋时事，盖汴京遗俗也。"《清嘉录》引阮葵生《茶余客话》云："盲女琵琶，元时已有，至今江淮尤甚。"瞿佑有《过汴梁诗》，云"陌头盲女无愁恨，能拨琵琶说赵家"，陈维崧有《春夜听盲女弹琵琶词》，李调元亦有诗云："白头瞽女临安住，犹解逢人唱赵家。"可知瞽女弹唱琵琶，源流已久。只是流动性似乎不大，不同于印象中日本盲女四方行脚、家家弹唱的做法，倒与小时候家乡见到的外乡乞者类似，登门唱花鼓词，讨些米钱。

日本有关盲女最古老的记载，是与宗教有关。佛教说话集《日本灵异记》（810~824年间）载："二目盲女人归敬药师佛木像，以现得明眼缘。"这类故事在我国的佛教故事中也很常见，比如宋释惠洪《冷斋夜话》中的"云庵活盲女"。宗教对苦难者的显圣、救赎，是经典命题。进入中世，盲女靠弹唱谋生，已常见于绘卷、文学、戏曲作品中。如《西行物语绘卷》中，即有两位戴斗笠、执竹杖的盲女作歌，引得路人回顾。《洛中洛外图屏风》中，有盲女在清水寺本堂舞台演奏三味线，身后放着竹杖与草鞋。其中技艺超绝者，也被贵族请入府内表演。《实隆公记》载永正六年（1509）四月三十日，有十二岁的"女盲目二人"唱歌。到江户时代，弹唱盲女大约有三种谋生途径：极少数者为武家社会服务，"谈歌书"，深受上层社会妇女喜爱，连将军的大奥也有这样的角色存在；为下级武士与市民服务，流动性也相对不大，某种程度相当于艺妓；最后一种，也是绝大部分，都是背着三味线与鼓走街串巷卖唱为生的瞽女，电影中的阿玲就是很好的写照。瞽女们有同业组织，形成"拟制家族"，信奉神佛，各有不同流派与供养的寺庙，定期举办"妙音讲"，在世人面前呈现出类似僧尼那般恪守清规戒律的行为，以此获得认同与好感。

明治以后，政府取缔民间游艺人与乞讨者，游方的瞽女也在其列。瞽女们极力应对时代变化，积极学唱新曲，招徕听众。但这种"非近代化"的"落后群体"，势必不见容于新社会，衰落是必然。送到盲女组织的年幼盲女被强行送还原家，政府也开办各种盲人学校。时代变迁，等人们再重新回顾盲女问题时，就只有保护性地录下一些旧歌谣了。

有意思的是，日本认为，盲女讨来的"百家米"，有去晦辟邪、强身健体之功。而我幼年记忆中，家乡也有"百家米"一说，儿童久病不愈，或遭遇邪祟，即挨家挨户要一把米蒸来吃。或者到学校食堂吃一碗饭，因为那时食堂的米，多半是学生自己带来，以抵饭费，故而也是实在的"百家米"。匆此，敬祝

文祺

松如

榴月丁卯

镰仓记忆

嘉庐君：

　　见信好，抱歉总是在拖延。并非有意如此，而是杂事繁冗，转眼8月竟也结束。

　　8月上旬，盂兰盆节之前，冒着台风去了一趟东京，是为看东京国立博物馆的台北故宫特展。既然是到日本，也会适当迎合日本趣味，比如展出了《四库全书》中的《贞观政要》、《朱子语类》、《白氏长庆集》，都是日本读书人自来熟悉的典籍。以及山井鼎的《七经孟子考文》，是《四库全书》中唯一一部日人著作。久负盛名的白菜与红烧肉也隆重出场，展期很短，吸引得几十万人前去观看。见到了著名的《寒食帖》，"春江欲入户，雨势来不已"。黄庭坚《花气诗帖》，蔡襄《澄心堂帖页》，冯大有《太液荷风图页》（当日黄昏在上野公园不忍池也见到万顷莲池），马远桃花、杏花图页，马麟《暗香疏影图页》，凡此种种，皆足流连。东洋馆与本馆展品亦佳，东洋馆与台东书道博物馆联展赵之谦书画。因在暑期，本馆设置了许多寓教于乐的解说细节，培养小朋友们鉴赏力。譬如涅槃图旁写道：佛菩萨这是睡着了，还是累了呢？

回京都途中，取道镰仓。这是小津安二郎晚年长居并埋骨之地，也是东京文人们最爱的消遣所在。电车过去，不足一小时。夜里宿在叫藤泽的车站附近，离海很近。散步去江之岛，岛上很多悠闲散步的猫。远望夜灯绵延璀璨，清凉海风扶起衣裳。这里似比伊豆要热闹些，公共设施与交通工具也齐备，因此不觉得多冷清。忽而想起去年10月末，从银阁寺出发，翻山步行到琵琶湖畔，对面大津市的灯火，白茫茫倒映在湖中，在夜风中微微荡漾，果然是"潮打空城寂寞回"。

次日起来，往北镰仓附近看寺庙。先到东庆寺，山坡上小小的门，庭园里开满芙蓉、百合、桔梗。这里藏有一尊镰仓时代的水月观音菩萨半跏像，宋风盈然。这种风格的观音造像，日本仅有镰仓流行，而奈良、京都始终保持更古老时代的观音造像，盖因传统深厚的西京一带不如滨海城市的镰仓风气开放。可惜这尊像要提前预约方能瞻拜，只有遗憾离去。却从同行的友人处，获得一枚小小的水月观音护身符，藏在青色的绫袋内。寺内各种花，开得都好。白与紫的桔梗，楚楚可怜。白芙蓉、莲花、射干、

东庆寺内和辻哲郎的家族墓（上）与岩波茂雄的家族墓（下）

卷丹百合、龙胆花、紫薇。丝毫不需要用力回忆，便记得那葱茏的园子。寺中墓园葬有诸多名人，西田几多郎、和辻哲郎、岩波茂雄、铃木大拙、小林秀雄等等。而这几位，生前恰也交好，留有不少合影，很有趣。

又去净智寺，浓荫寂寂。随处散在小石佛、小石观音像，布满青苔。明月院，不负美名，山石流水，茂树幽篁。圆窗的风景素为人津津乐道，有许多著名的照片。寺内多绣球，五六月间最好，山道两旁遍是宝蓝团花。盛夏，有胡枝子花。

小津安二郎的墓在临济宗圆觉寺，距此不远。此寺位列镰仓五山第二位，地方很大，风格迥异于京都伽蓝。寺内有弓道道场，白襦蓝袴的少女们，在师傅的指引下，在碧树掩映中，起身、鞠躬、取箭、拉弓、完成、鞠躬、复位。小津的墓并不难找，那著名的"无"字碑，许多人都说过了。网上也有很详细的文章，指点如何寻到。徘徊墓园外，见园内一家人正以清水洗净墓石，供奉鲜花。七月半将近，家家都要扫墓。想了想，到底还是没进去。我虽很喜欢小津，但对他谈不上有多么深刻的了解，不敢做贸然拜访、墓前饮酒之类的风雅事。

北镰仓交通不太便利，有很多地方只有步行。匆匆看罢镰仓五山之首的建长寺、著名的鹤冈八幡宫、镰仓大佛，一日便过去了。遗憾未及看旧书店。途中看完两册《古

建长寺的莲花和山门

圆觉寺内的弓道道场

书堂事帖》，屡屡邂逅小说里的地名。

回京都后，很快即是五山送火，之后连日论文到今，报告平安结束。欠你的债，则再无理由拖欠了。

松如

桂月乙亥

近况

嘉庐君：

昨日下午已回京都。此次太匆忙，竟未来得及回南通，前后一直多病，虽都没什么大不了，但诸事受阻，只好躺着陪猫。中秋节后，蒙姗姗惠赐海蟹一箱，美食一餐，遽添腹痛一症，更加什么都不能吃。

前日去了东城区禄米仓东口的智化寺，曾是王振家庙，门内有两座石碑，叙述寺庙来历，勾画清晰，与王振有关处皆凿去。钟鼓楼前有丁香、丛竹。智化殿与如来殿间庭园植梨树、海棠、核桃，结了果子。游客很少，难得清静。大概是没有僧人的缘故，也不特设功德箱，只有如来殿一侧安放小柜一只，凿了一道小口，也无字迹，并不特别让人放钱。佛前三只蒙了绣面的蒲团，很干净，刺绣也难得精致。如今已无乐僧，午后三点，工作人员换了鲜黄僧袍，在智化殿内吹奏古曲。上午十点还有一场。这是很著名的京音乐，说是明代音乐的活化石，杨荫浏与查阜西曾做过研究，出过一册《北京智化寺京音乐腔谱及成寿寺旧谱》。若干游人静静坐着，听笛、笙、笮篥、云锣、鼓交汇的曲子，与唱片的感觉的确不同。我对音乐无知，说不上喜恶，只是呆坐。奏毕，乐者鱼贯而出，顷刻换去僧袍，又从偏殿出来，各自散去。京郊几处享有盛名的古寺，多新塑造像，锦衣金身，十分华丽。香火自然也旺盛极了，拥挤叩拜不已。今春去八大处灵光寺，香火呛人，殿前竟有叩长头或练功的居士，人语嘈杂，望而却步。相较之下，智化寺好极了，我非常喜欢。

秋光爽净，身体略好转，却又要离开。五年来经历多次的辗转，似乎并没有令自己更沉静，不可避免的情绪波动仍需时间的安抚。京都的秋天很美，长空清明，细云妙曼。收拾了屋子，阳台植物都健在，夏天结果很多的番茄又抽了新枝，开了许多花，不知还会不会有果子。番茄真是顽强的好植物。上学路上，看到石蒜花（时人常用曼珠沙华之名，略晓植物学者颇厌之，每每认真纠正，或多讥评，到底也不必）、红蓼、鸭跖草、红白芙蓉、胡枝子、月见花、鸡冠花、石榴果，木樨还未开。在这里住久了，瞬时便能习惯，反而在北京时，完全是客人，常觉新鲜，回想起来也很恍惚。

今日一早去学校，到书库查资料。偶见若干十分好看

鸭跖草

的精装大册。有些复刻的精美卷子本,《紫式部日记》之
类,也极优雅精致,绫罗层层包裹,木盒内置防虫香袋,
幽香细净。最留意的是丸善书房印行的《西博尔德旧藏
日本植物图谱》,原图谱今藏于圣彼得堡俄罗斯科学研
究院植物研究所。共二卷,第一卷有二册,为原尺寸大小
的彩色图谱,收三百四十一图;第二卷为缩印黑白图,收
一千零四十一种,并附解说一册,印数四百五十部。我固
买不起,但万幸有图书馆。西博尔德一生经历丰富,精力
充沛,留下海量资料。当初没来日本时就对他感兴趣,但
到现在还未成一文,且待后话。

　　书库出来,阳光迎头而下,暖暖的,甚至还有些热。
但风疾且凉,树梢簌簌,满地落着银杏果。上楼来就想

给你写封信。去年此时，也是刚从北京回来，出了研究室门，被楼道里金波一般辉煌荡漾的夕光震惊。一年已过大半，诸债堆叠，俗事纷繁，这些感叹变得奢侈且可疑，就此打住罢。匆此，敬颂

秋祺

松如

桂月丙申

古本祭狂欢

嘉庐君：

　　终于可以坐下来给你写信。今天又是一年一度的东洋史大会，从早到晚做会务，此刻宾主尽欢，各自散去。收拾会场，整理杂务，且待来年。而一年一度为期五日的知恩寺秋季古本祭，也于今日下午结束。因为一直在会场前台负责接待，所以今天未能去书市。半途有朋友逛书市回来，提了三大袋书给我看，极为便宜。一一翻看，只有羡慕。

　　已经是第六次逛秋季古本祭。似乎还能回忆起头一年来时的好奇、惊喜，没怎么买书，只知道一些基础的文库本。第二年和旧书店老板们渐混了脸熟，跟他们聊天，听他们介绍有什么可以买的好书。第三年敢于在拍卖会讲价，开始收套书。第四年、第五年，畅游其间，当时都不厌其烦与你说过。今年事先本也决心不买，因为家里空间紧张，研究室也被堆满。然而头一天一早就在菊雄家抢了一堆中文书籍，皆为川合康三老师退休后卖出的资料，品相完好，价格极低，最适合学生。店家不会一天全放出，而是缓缓补充，令大家常有期待，上午下午都得去一趟，总有新发现。经过前三天各路人马的扫荡，后两天就是实实在在的捡漏。不去却也不甘心，因为总能看到别人买走好书——这种心情，你是懂的。

拍卖会一如既往动人心魄。因为有慈善性质，所以底价极低。头一天晴空万里，到的人也多。人群中多是持币跃跃欲试的老人，纷纷在台前挑选看中的书籍，请工作人员拿到拍卖台上。与我同来的友人，看上《白鸟库吉全集》与平凡社的《书道全集》。我想要《芥川龙之介全

知恩寺内的秋之古本祭

集》与《鸥外全集》。一般而言，古本祭拍卖会上出现的，不会是罕见版本，以名气大的作家全集、通俗类文史书籍、图册为主，发行量较大，并不难得。运气好的话，能以极低价入手，是非常痛快的体验。为朋友拍的两套书，均以超乎预想的价格得手，惊喜万分。《鸥外全集》，全三十八册，起价五百日元。我见那么大一堆，搬回去肯定大成问题，遂犹豫不要。众人或许也有同样顾虑，这套书于是拍了。《芥川龙之介全集》，全二十四册，成交价两千二百日元，顺利得到。后来又参加了一天拍卖会，工作人员们都认识我，喊价时特别向我投来期许的目光，待我摇头暗示不要，才继续，非常有意思。因为拍卖实在有趣，于是又挑了一套《太宰治全集》。但突然杀出一位少年竞价，他比照网店最低价，一部一部紧追不舍。我也一时意气，不依不饶，最后还是顺利入手，竟引起一阵热烈掌声。所谓"古本祭"，就是这样的感觉吧，大家都像过节一样愉快。

当然，旧书店老板标价都极在行，对于少见的版本绝不会任意低价。我很喜欢猜书价玩。跟朋友在一起，每指某某书说，大概定价几何。打开一看，基本不差，就很开心，也是这些年逛旧书店的一点小小的心得。《青木正儿全集》，春秋社出版，市面偶见零本，价格亦不低。一则发行量不太大，二则布面精装，三则编委会成员多是名家。

1. 知恩寺钟楼，拍卖会即将开始
2. 拍卖会上除了名作家全集、大型画册，还有美人画报、旧挂历等丰富的拍品，围观者众多，气氛热烈

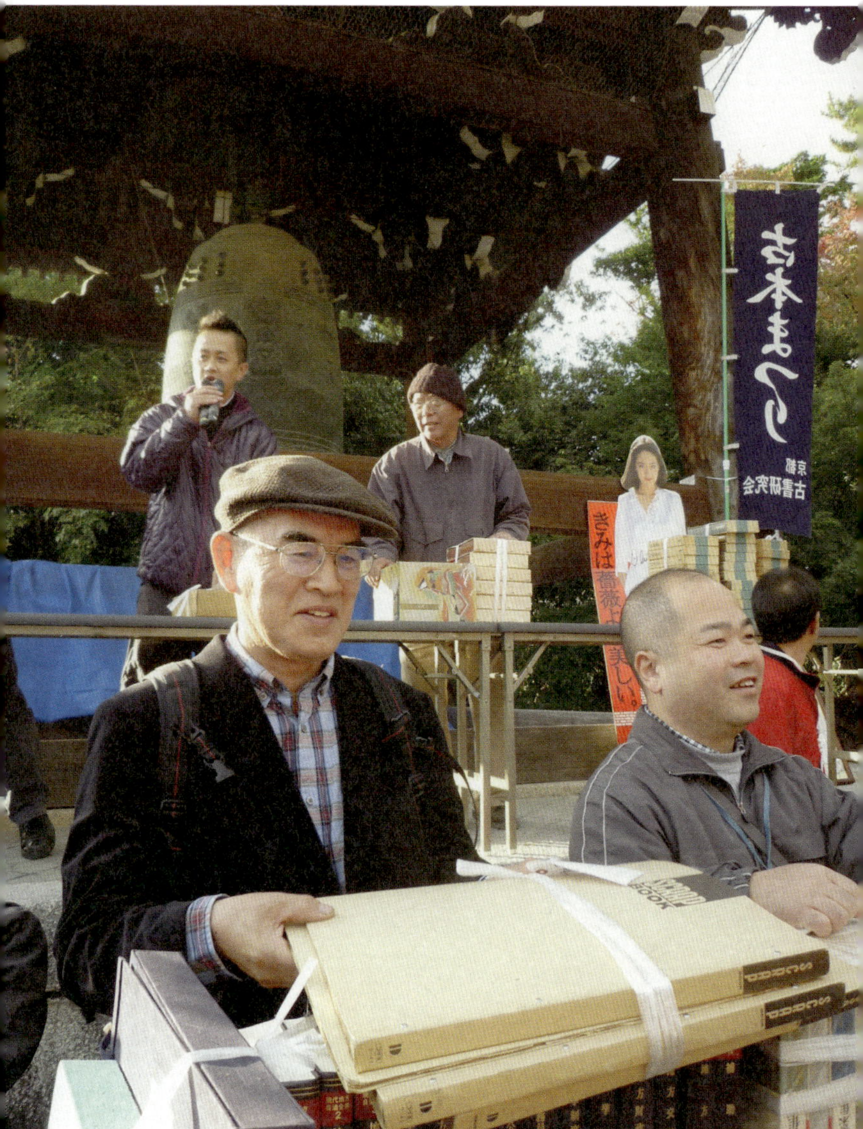
古本まつり
京都
古書研究会

我虽收过单行本与全集零本，但全集也一直牵肠挂肚。因此看到丛书专区赫然摆着这套大书，自然买下，心里非常愉快，面上还是不动声色。

尘埃落定，我也要考虑如何在逼仄的空间内安排下这些书。努力读完之外，也期待着下一场狂欢。

松如
杪秋十二日

山茶花、茶梅、椿

嘉庐君：

　　见信好。天已经很冷，下午在杂志库看资料，彼处寒冷如冰窖，虽开了空调，但房子太高，热气上升，底下冷极。不多久前，八九月间，此处则闷热无比，空调也不甚管用。听老师说，这栋旧楼原非专门用于安置图书，文学部本馆书库空间不够，才将杂志全部转移到此。房子太旧，管理诸多不便，天花板与地板承重也不好，竟至有裂缝处，暂且用柱子勉强支撑。重修书库的经费不易得，即便有，也无临时安置杂志的另一处场所。因此只好不断加固维修。楼内有天井，树荫遮蔽，秋冬落叶满地，很萧瑟。中庭是吸烟处，常有师生在此默默吸烟。走廊过道张贴着左派学生的呼声，仿佛保留了上个世纪的空气，与别处新建的教学楼气氛很不一样。说到这里，便想起上周学校发生了一桩新闻，京大同学会中央执行委员会成员在吉田南校区发表演讲，有学生发现附近有几个便衣警察，遂将他们控制监禁数小时。随后同学会在学校钟楼前召开记者招待会，抗议警察干扰大学自治，侵犯大学自由，要求京都府警谢罪。副校长也表示，警察没有事先通告即进入校园，实为遗憾。目前此事尚未有定论，学生团体的抗议仍在持续，校门附近的演说也在进行。有判例表明，警察未得到大学方面的许可即进入校内，可被控告为住居侵入罪。这样，警察就成了现行犯，普通人也可逮捕（刑事诉讼法213条）。因此学生控制警察并不违法。但学生们对警察数小时的监禁，也可能造成逮捕监禁罪。我对日本的学生运动了解很浅，不宜多谈。只是举出此例，对比观照，或生感慨。

晚饭后去了久违的真如堂。吉田山中茶梅都开了，粉色、红色、粉白相间，高树低篱，纷纷开落。最美是一家院内高树，洁白花朵，满枝珠玉。阶前檐头落满，堆雪一般。清气流溢，沁人心脾。每年秋冬，都要来此相见。日本呼茶梅为山茶花，而我们惯称的山茶，这里则叫椿，也就是凋谢时整朵落地，被附会为武士之死的茶花。《花镜》里说茶梅，"因其开于冬月，正众芳凋谢之候，若无此花点缀一二，则子月几虚度矣。其叶似山茶而小，花如鹅眼钱，而色粉红，心深黄，亦有白花者，开最耐久，望之雅素可人"。此段或参考高濂《遵生八笺》，而陈继儒《致富

花期很长的茶梅

奇书》茶梅条亦大略相同。植物类介绍，互相转写，很常见。《留青日札》、《香祖笔记》也提到此花。"以其自十二月至二月，与梅同时，故曰茶梅。"云有海红花、宝珠、鹤顶、玉茗等异名、品类。

京都四时花事不断，各花皆有欣赏名所。西芳寺就有一株六百余岁的粉茶梅。家家院落，蓬径野山，也随处可见，令我喜悦。真如堂内菊花已开，诸色争妍，错落有致。枫叶将红，灯光里望去，绰约多姿。背后绵延的东山，渐渐染上颜色，枝头的橘柚亦由碧绿转向金黄。过去不喜欢秋冬，寒冷萧瑟，多病无趣。现在越来越喜欢，冷得清明透彻。风景虽枯索，更显出那几种凌傲霜雪的植物的可爱与难得。

你提到几位与《东皋琴谱》有关的人，多为江户时京都汉学者，不仅学琴，也习汉诗文、熟谙本草学。我们各自关注点虽略不同，交集却不小。因此要多谢你提醒指教，一定留意。匆此，即叩

文安

松如　拜启

闰九月十八夜

春晴也好，春阴也好

嘉庐君：

你所喜欢的木香花已开了，然而今年你并没有来，幸好植物年年是不变的。昨日去看邻家那架木香花，太阳极好，春天似已结束。往来游人无忧无虑，更与我的心焦对照。蒋捷有一首《解佩令》，说"春晴也好，春阴也好。著些儿、春雨越好"，听这语气，一定是心情愉快清闲时的句子，春天无论怎样都是好的，而我却为这无边春色深感焦虑。

堆积如山的事务，停滞不前的研究，这是第一重焦虑；另一重，则近于伤春。艾朗诺有一本书，《美的焦虑：北宋士大夫的审美思想与追求》，很喜欢汉译的书名，美深具诱惑、激情、危险、悲哀，足令人焦虑。走在热烈的阳光底下，天蓝到发乌，植物鲜绿，各种花开得疯狂且无情，看着这一切，我甚至觉得忧郁。杜鹃是很呆的植物，一开就是大片，不见哀愁。纤细的虞美人，优雅的鸢尾，花瓣精巧的花水木，不知为何都开得这么好，几乎对我是责备的意思。

因为忙碌，很晚回家，路上看到灯火通明、作业不息的《京都新闻》印厂，以及早起遛狗的老人，又忍不住焦虑。失眠的清晨，知道天快亮了，听见窗前的鸟鸣，更觉愁肠百结。或许晴天总暗示积极进取，催促人们爱惜景光。倘是雨天，懒洋洋躲在家里看闲书，也不觉罪恶。因此，多么渴望雨日啊。为缓解焦虑，最近两天，都在黄昏去吉田山、紫云山散步。夕阳涂满吉田神社的朱红鸟居，无论见过多少回，都觉美至惊人。有一树晚樱，在温柔清风里摇动满枝花团，簌簌有清音。缓步拾级而上，道路被浓荫遮蔽，神社附属幼儿园旁的池水中有鲤鱼跃动的清响。有时脸上觉得有很轻的牵绊，想是所谓的袅晴丝，拂也拂不去。

宗忠神社昨日有春日祭典，然而去时已结束，白襦紫袴的巫女正洒扫庭园。舞殿前一架紫藤开满珠玉簌簌的花，喜欢极了，忍不住伸手去抚。紫藤实在是美好的植物，远处山里的藤花想必也极好。四年前的春天，跟香织一家去她外婆家，沿途所见青山，尽是大片山藤。紫色与碧色在一处，搭配最好。同类的搭配，还有鸢尾、楝花。那样的风景，不知何时还能再看一次。

```
1  2
———————
3  4
```

1. 京都郊外的山藤　2. 春天的木香花，嘉庐君最喜欢的植物
3. 金戒光明寺四季花事不断　4. 宗忠神社的一小架藤花

$\dfrac{1}{2}$

1. 金戒光明寺的文殊塔
2. 紫云山上眺望

紫云山是金戒光明寺所在地，自从探索寺内名人墓地之后，又来过好几回，道路已很熟悉。此二日都是无比明净的青空，小小一片上弦月，飞机划过天海，留下长长的清亮的尾迹。阿弥陀堂内僧人正做晚课，悠长寂静的诵经声，令我徘徊不去。半掩的纸门内，看见金身佛像与灰袍的僧人。木鱼与磬声，清长安定。僧人们都很瘦，仿佛瘦，才是修行的样子。

登上石阶，至文殊塔前，回望城中灯火与无尽江山，惟有静默。每至此刻，都真切地知道：他日离开之后，不

常常黄昏散步到金戒光明寺，有时遇到阿弥陀堂内的晚课，静静听僧人们的诵经声，天地十分寂静

知要怎样怀想。石阶罅隙遍生杂花，小小的，很可爱。漫步至西云院，刹那邂逅满园牡丹，幽香盈人，端庄不可形容。还是前头那首词，说"岁岁春光，被二十四风吹老"，实在怅惘。"楝花风，尔且慢到"，后日将与友人去冲绳八日，如此挥霍时间的旅行，我不安了很久。想来回京都时，花事又一番更迭。

松如
2015年4月28日凌晨

第一场台风中忆冲绳

嘉庐君：

今年第一场台风正光临京都。此刻，正在窗下巨大的雨声里给你回信。

冲绳回来不过三五日，除了晒伤的手腕尚有痕迹，其余都仿佛是很久之前的记忆。今春以来，觉得越来越忙碌，或许是好事，对于岁月、老去一类的感慨，是不必跟你说的，因为你都知道，不久的从前，你刚从我的年纪走过。

冲绳很有意思，这八天玩得很畅快。头三日，住在石垣岛。那是离台湾很近的一处离岛，订住处时忽略了地图，到了才知道，那家民宿在远离石垣岛市区的海边，四周完全是荒郊野岭，漫说便利店，连人烟也无。屋内的确能看到不远处的大海，然而主人吩咐，夜里千万关紧门，更不可出门。因为——外面潜伏着很多冲绳特有的毒蛇：饭匙倩响尾蛇。这对极怕蛇的我来说，实在恐怖至极。主人是一对老夫妇，见我一脸绝望，安慰道，不怕不怕，如今，无论哪个离岛都有毒蛇血清，即便被咬了，也可以迅速在医院得到救治，不妨事。闻说此语，自然更崩溃。

硬着头皮出门散步。这个地方一天只有两趟公交车，专为接送附近上下学的学生，双休日、节假日都不运行。因此游客都是租车出游。我不敢开车，只好步行。实在走不动了，就叫出租车。每日沿海岸线暴走十余公里，沙滩洁白，海柔蓝如玉，无限远处轻轻过渡成澄蓝的晴空。植物极茂密，遍布宝蓝色的琉球朝颜、扶桑花、艳山姜（又名月桃）、甘蔗、月橘、刺桐花、大吴风草，与本岛植被风格大异，许多我都不认得。

途中不时看到道路中央被车轮碾死，已从三维转换至二维的蛇、乌龟、螃蟹、蛤蟆，大约是天太热，过街不容易，场面惊悚而可怜，只好闷头狂奔。终于在荒野中看到人家，有一座很小的天主教堂，热烈的九重葛花丛环绕着洁白的圣母像。再走几步，是果汁铺，有新榨的甘蔗汁、芒果汁、菠萝汁，皆极美味，气氛仿佛台湾南部。后来听鹿老师说，她觉得冲绳风景与故乡澎湖岛非常相似。见到本地女子，牵着瘦削的大狗，身后跟着一对小儿女，在黄昏清凉的风色里懒洋洋散步，衣衫都宽松闲适，望之如桃源人。

离海很近的地方，大家都穿得很散漫，趿拖鞋，顶一块毛巾。我也到沙滩边，温柔的潮水反复涌来，百看不

岛上到处盛开的铁炮百合（上）和月桃花（下）

厌，洁白细沙里簌簌爬出小小的寄居蟹。有人坐在礁石上钓鱼，还有一位姑娘，坐在树荫里的大枯木上弹三味线，曲声清越动听。

岛上到处有印了警示语的旗帜猎猎招摇：酒后驾车猛于毒蛇！足见此地毒蛇很多，酒驾也很多。全岛居民不过四万，制糖、畜牧、旅游业都很发达，不用拼命工作。闲来弹琴、唱歌、喝酒，见人都打招呼。在这里过了三天，深感热带与亚热带的环境不适于思考。天一热，就不想动。整天吹吹空调吃吃冰，天黑了唱唱歌喝喝酒，快活极了，不像温带的人必须辛苦劳作，产生诸多痛苦，一笑。

第四天，飞到冲绳本岛，住在那霸市区。这里很热闹，是纯粹的旅游城市，街上行走的多是游客，讲汉语的人非常多。物价低廉，美食丰盈，青年旅馆林立，住满无所事事、向往自由的年轻人。和朋友去潜了两天水，一早被教练接到奥武岛，海边风很大，水温也很冷。换鲨鱼皮，背氧气瓶，下海，练习呼吸，浮潜，深潜。过程之恐怖，无法过多复述。我极怕水，大概是幼年在青岛旅游，曾掉到海里的缘故。此番潜水，也是应友人之约，勉强成行。在海里看到很多鱼、珊瑚礁，可惜我无法淡定欣赏。不断告诉自己：平静、冷静、集中、放空。最终竟然考到了潜水证，惊魂难定，总算完成一桩挑战。回到住处，新闻正说有一位日本女子在澳大利亚潜水遇难，难免心有余悸。

最愉快的，是利用仅有的自由时间逛了几家旧书店。最后一天，冒着错过飞机的危险，在暴雨中坐了很远的车，去一家曾网购过图书的旧书店，就在琉球大学附近。店主是一对夫妇，他们说，冲绳与中国的文化、历史很近，因此从前有意识地收了许多关于中国的图书。但现在琉球大学研究东洋史的师生寥寥无几，附近旧书店也倒闭殆尽。

　　回到京都，必须迅速从旅行的状态中调整过来。这很痛苦，但不得不如此。世上有趣的事有许多，但如果每一件都仅是浮光掠影地看过，恐怕什么都不能留下。我在这种愉悦与茫然中，探索着某种平衡。

　　期待你的回信，此刻雨已经小了很多。

松如

5月12日

买书在黄昏时

嘉庐君：

时间快得惊人，这学期竟已过去一半。师兄散书的事你已知道，此事也已过去整月，研究室众人的书山还没有整理完毕。此事给我诸多教训：须谨慎收书，买书还要读书，要有大房子。

每年6月，各大旧书店都会寄来书录，邮件通知打折活动。因为马上是发放夏季奖金的日子，老师们都要买书。学生们虽无奖金，但也趁此机会跟着买。最近很喜欢在学校生协买书，黄昏散步过去，翻翻新小说与杂志，再去学术书区域，架上常遇到熟悉的名字。

京大学术出版会的西洋古典丛书很好，翻译各种西方古典哲学、历史、文学书籍，水平可靠，值得信赖。且许多书目，尚未有中文译本。同出版会的东洋史研究丛刊也出到了第七十九册——以1956年宫崎市定《九品官人法研究》为始。今年新出的是谷井阳子《八旗制度的研究》。名古屋大学出版会近年成果丰富，佳作迭出，收书范围更广，颇赖主编橘宗吾的魄力。东京大学出版会规模更大，单看书目，可以窥见两地学术风气及关注话题之不同。

网络购书异常发达的今日，我对实体书店依然非常依赖。许多书仅见封面、目录远远不够，非得入手翻阅才可能决定是否应当购买。而逛书店时，也更容易邂逅意想不到的有趣的书。前些日在校内书店订购了一册日本画画材及技法的书，取货时转了一圈，又买了立川昭二《明治医事往来》，春秋社新出的"日本人与宗教"系列等书。许多论文集编得也较粗糙，看目录即知难免鱼龙混杂，但有时却能带来意外的启发。不过，也只有学校书店才能带来良好的阅读、购书体验，普通的综合书店，上架、推荐趣味面向一般读者，更需有披沙拣金的耐心。

近来几乎不读小说，市面流行的新作家，已一概陌生。这绝非出乎什么"不读小说"的矜持，而是真觉遗憾。小说的阅读与创作都非常愉快，可惜我离此越来越遥远。校内书店也有中国小说的译本。古典文学自不必提，2013年9月至2014年3月，岩波文库新出了井波陵一先生翻译的《红楼梦》。此前，《红楼梦》已有伊藤漱平、松枝茂夫、饭塚郎等人的翻译。井波先生是京大人文研究所中国文学专业的教授，夫人律子也是同行，二人著述甚丰。我翻过新译本，全用流畅优雅的现代日语，译注极详，所有诗词均作了十分周到的注解。据说，井波先生高中二年级时，在福冈县老家书架上发现《红楼梦》手抄译本，极为心醉，甚至有逃课去读《红楼梦》的事。此后四十余年流连不已，终难忘怀，耗费十五年光阴译成此书，实在无量功德，为有意从事古典文学翻译者提供了很好的参考范本。

不过，中国现代文学在日本却相当受冷遇。几年前莫言获诺奖时，各书店也曾摆出莫言译作的专柜，但反响平平，当然，我也不喜欢他的作品。小说的封面设计风格寡淡，与文本气质错位，似乎也暗示了日本对此书的陌生与冷淡。国内中青年两代知名作家的作品，在日本都有不少译介，但受众甚少。恐怕鲁迅是日本人最后一位真正感兴趣的中国作家，之后关心的话题，便是各种"文革"题材的作品，又关乎数十年前某事的回忆。这与中国市场所接受的大量日本文学作品，譬如各类推理小说的热潮，形成极鲜明的对比。中国当代的出色作家当然也有，又要提《繁花》，那是一部足够经历时间考验的佳作。然而日本读者对此或许并不会感兴趣，泡沫经济破灭以来，日本文化逐渐内化，对周边世界越来越失去关心。举一个最直观的例子，二十余年前《东京爱情故事》里还有莉香这样自由奔放的爽朗角色，作品也丝毫不避讳同居、性爱等话题，而今日主流日剧，却大多如无印良品的底色一般平静温和，《昼颜》题材还算激烈罢，但基调如此压抑。好容易有部《半泽直树》，才算稍微激荡了一回。跟老师、同门聊天，他们对近年来的本国电视剧也嗤之以鼻："太难看了，不值一提。与美剧、英剧毫无可比性。"学者还好，普通日本人对当代中国的认识也多半来自媒体报道，成见如此，又怎么会对中国现当代小说感兴趣，尤其是主流文学界所钟爱的某些题材。是故前日所闻苏童、毕飞宇等作家在纽约书展遭冷遇，我毫不意外。恐怕再过几年，有些官方作家，在国内也难受追捧吧。此话不宜纸面深谈，不如留待见面时略助酒兴。

松如

6月1日

雨中书

嘉庐君：

　　早上起来去大阪办理杂事，台风十八号将至，暴雨不歇。远山雾霭缥缈，水田碧绿，节令已至白露，道边开有牵牛、紫茉莉、胡枝子、鸭跖草、紫色的假连翘（金露花）、粉花凌霄、大花曼陀罗、大花六道木。事情很快办完，但回想起来，前后花了许多时间与心力。尤其在京中，各部门办事效率低下，互相推诿，令人无奈。我一向懒散，这次领到诸多教训，然而不必抱怨。

　　松口气，去往附近的天牛书店。这家店历史已逾百年，在关西地区名气很大。曾经，司马辽太郎、安藤忠雄等人都常到访。平时在网店买过不少书，今天总算能顺道朝圣实体店，很高兴。店铺有两层，一楼为文学、历史、美术、书法，二楼为理工、医学、哲学、法律、文库本，还有一些全集、唱片。天牛书店很早即投身网络经营，业务成

大阪的天牛书店

熟。工作人员一时不歇地搬书、上架、包装、发货，十分专业。平常收到他们的包裹，非常体贴细致、高效率，印象很好，专用的包书纸与书签也很可爱。

大概店铺远离市区（分店在热闹的天神桥），店里摆的书并不十分充足，更多应在库存，主要应对网店需求。上下转了许久，并没有特别发现。然而远道而来，不能空手离去，随便挑了两本草木染的资料书、一册江户女性史的论文集、一册有关猫的散文、一册森铣三的文库本。

风雨愈紧，原想到市区旧书街看看，盘桓之下，还是决定早回京都。在车上翻了翻刚买的书，被一篇论文吸引。利用幕末一位在主公家工作的女性给家人的书信，研究这位女子未嫁、工作、出嫁几个阶段的经历，以此考察该时期的女性生活状况。主人公吉田阿道出身农商结合的普通人家，幼年丧母，由继母抚养成人。二十岁至本地主公家做侍女。后因此家四子成为御三卿之一的一桥家养子，阿道也随之到江户一桥家工作。十二年间，历任下层侍女、和服处侍女、近侍等职。在给父母的信中，她问候冷暖，关心饮食，汇报近况，升职后还曾打听说要招一位能吃苦耐劳的姑娘，专司煮饭、浣衣、侍奉洗澡。并且，她经常拿钱或主公赐下的食物、衣物等请父母再去买些笄簪首饰等进来。三十二岁时，阿道嫁给幕府医官田村元长。元长先有一妻，已病亡，留有一子一女。婚后七年，家遇火灾，钱财俱失，不久元长病故。前妻之子元理年少未婚，亦体弱。这种情况下，就要为他找养子，以防继承家业者无子即亡，一家断绝。养子之事议定仅逾一年，元理即病死。阿道生计维艰，为一桥家做些缝纫活，也常接受母家的经济援助。不过养子元雄依旧多病，下一位养子确定后不久，元雄亦死。这位养子终于结婚生子，阿道也得从家族继承的危机中解放出来，并辞去了一桥家缝纫的工作。时代变迁，到明治元年（1868），德川家臣四散，或从事农商业，或移居静冈。阿道则决定带领全家回到故里，度过平静的余生，终年七十六岁。这是很好的小说题材。江户时代留下的资料十分庞大，很可研究。从前读《小梅日记》，也是寻常女性丰富的一生。山川菊荣著『武家の女性』，以儒学家出身的母亲为蓝本，记录江户时武家女性日常生活的种种细节及精神、心理。菊荣是社会主义者、经济学家山川均的妻子，素受柳田国男之熏陶，文风典雅蕴藉，很能见到作者的性情。

到河原町四条，路边有青年号召大家签名反对战争法案。步行至新开的Bal大厦（三年前闭门装修），楼上有无印良品，地下两层都是丸善书店，简直是最符合我需求的天堂。放眼浩荡书架，一层是日文书，一层是进口外文书，还有无数可爱文具，悠游其间，乐而忘返，十分幸福。

这封信在电车上用手机写了一部分，回学校才写完，此刻尚沉浸在逛了天堂的愉快情绪中。

松如

乙未白露

新年试笔

嘉庐君:

实在抱歉, 去年给你写的信太少了。并非没有话同你说, 而是焦虑拖延, 一事无成, 难以提笔。

年末苦于功课, 诸事萧条。昨日下午从学校出来, 去了滋贺朋友家。看了红白歌会, 很有趣。岁暮心绪难免怅惘, 前人日记、诗词莫不如是。翻了翻《治史三书》, 与友人讨论如何新年强身健体, 就睡了。

今日白天无所事事, 在朋友家发呆, 看电视, 翻闲书。编辑命题作文, 要求写年节美食, 难以推辞。顺手翻了翻汪曾祺写吃的文章。先是看到他写豌豆, 云"曾在山东看到钱舜举的册页, 画的是豌豆, 不能忘。钱舜举的画设色娇而不俗, 用笔稍细而能潇洒, 我很喜欢。见过一幅日本竹内栖凤的画, 豌豆花, 叶颜色较钱舜举尤为鲜丽, 但不知道为什么在豌豆前面画了一条赭色的长蛇, 非常逼真"，不由莞尔，原来他也看过栖凤那幅豌豆蛇图！画名《艳阳》，笔致极细腻，豌豆花有多妙曼，蛇就有多灵活。好几次翻他画册，都猝不及防被惊到，更有在图书馆吓得大册书砸落在地的情形。汪的文章，从小就读，这一细节却是头一回留意。倘若早些注意到，当年写栖凤，也可多缀一笔。许多书，从前漫然读了，以为领会了意味，甚至大胆谈论。回头重读，却似初识，令我悚然。

又见他说，"我劝大家口味不要太窄，什么都要尝尝，不管是古代的还是异地的食物"，"一个一年到头吃大白菜的人是没有口福的"云云，的确温厚长者，话说得宛转巧妙，既不锋利，又不敷衍，可想见其为人。若能听出他温和句意下的规劝与锋芒，则又要钦佩他的苦心与善意。平常素恶咸甜之争等无聊话题，亦反感饮食地域主义或民族主义，下次直以此段应对可也。

祝贺你去年的书运，太平盛世，可以多囤书。我没有买过珍贵的书，以资料作用为先，去年的书单请看别录。翻检一下，似也不算少，但读得太少，须警惕书皮学。新年希望可以把去年没有好好读完的书耐心读下去，也克制一下对书虚无的占有欲。并祝愿你深入新的世界，期待读到你的购书记。

去年，我似乎完全抛弃了写作，但身边却多了几位真诚写作的朋友。她们学问都很好，却选择投身此项孤独贫穷的志业，以痛苦与自省争取一点自由，我很敬佩，期待她们长远的成长。

月底忙完后，想搬到稍微大一点的房子里去。有一间房子已经看中好久，在朋友书店对面，吉田山半山腰，临近王国维旧居，实在是很好的地方。每天下学路过，都很想搬进去。但去年太忙，无力下手。前日上网一看，似乎还有空房，开年后倘若有缘，就去把房子定下来。地方宽敞些，也许更适合看书？

前些日，史老师到京都，夜里来我研究室，看了内藤湖南的诗扇、那波利贞的书法，也坐下来写了一幅字。说写什么好，随手翻了《毛诗正义》，打开是《终风》，"寤言不寐，愿言则怀"，是好句子。送他离开时，校内空寂无人，明月当空，寒气侵人。漫然聊天，说新年的读书计划，是平静安闲的时刻，可以安慰日后茫然之时的苦斗。你何时来京都呢？期待同去看书店、拜访浦上玉堂墓，也期待这样漫谈的时刻。

松如

2016年1月2日，周六凌晨

首夏即事

嘉庐君:

　　转眼已是夏初,久未致书,实在抱歉。3月底如愿迁入新居,好一通劳动。来此已是第三次搬家,希望这第四处客居住得长久一些。早晚看到窗外朋友书店开门闭门,听见工作人员搬书的动静,心里非常安详。店主往往深夜在店内加班,看见那一汪灯火,觉得很宁静,也很值得慰藉。山前风景,由3月末的樱花,到4月初的新绿,层层叠叠,更换几重,如今则是一日绿似一日。山鸟朝夕啼啭,清越动人。今年长假不曾出游,前日收到香织母亲的电话,问我要不要去滋贺小住。"香织说你很忙,没有出去玩。天天闷着也不好,我们明天要去舞鹤扫墓,你要不要同去? 扫墓虽然是很无聊的事,但途中也可以看看风景,扫完墓去海边吃好吃的。"

　　五年前的此日,曾与香织一家去福井玩耍,又去山中外婆家做客。后来她去北京留学，又在北京成家，每番归省，总来去匆匆。去往舞鹤的途中，往日光景历历，觉得有些寂寞。"你代我去看看我的爷爷，也跟他问个好。"香织说。滋贺到舞鹤大约三小时车程，沿途风光秀丽，山云缥缈，翠嶂相叠。绿海中无数藤花荡漾，又有泡桐、杜鹃，稍纵即逝，又绵延不绝，是我最喜爱的暮春初夏之景。香织父亲祖籍舞鹤，据说先人曾为海边豪商。而他出生在京都市内，他的父亲也一直生活在市内，去世时甚至没来得及请故乡菩提寺的僧人，就近请来同宗寺院的僧人做法事，起戒名。

　　日本人家扫墓，一年大约有四次，春分、秋分（即春

泡桐花

彼岸、秋彼岸）、忌日、盂兰盆节。香织家住得远，一年只去一次，日期也不确定。"只好求父亲多多原谅。"香织父亲笑云。穿过无数隧道，又沿日本海一路西行，终于来到舞鹤。菩提寺曰松林寺，原属天台宗，后改净土宗，踞山岩而北望大海。环顾山中，墓碑林立，中有"郑家之墓"、"张家之墓"等，不知是来自中国还是朝鲜。舞鹤滨海，有大陆或半岛渡来之民，亦不为怪。与寺内住持打过招呼，送完供奉，便取水桶、木勺等物，往山中寻找香织家的墓园。

　　是很大一片墓群，围栏四周遍植松柏。中有本家、分家之别，有些石碑已满覆青苔，字迹剥蚀难辨。香织父母寻到其中一座，因香织祖父去世不远，石碑尚新。洗净花筒，盛满清水，插好两束供花。又细细刷洗石碑、烛台，燃烛焚香，合掌祷告。香织父亲忘带念珠，便借了母亲的来用。香织母亲属日莲宗，所用念珠与净土宗并不相同，好在他们并无太多讲究，父亲念完南无阿弥陀佛，母亲即念南无妙法莲华经。香织母亲教我执念珠合掌，因与他们认识多年，也记得妙法莲华经中几句，便依样照办，并道："香织不能来看您，请您原谅。"

　　仪式极简，很快便完成。香织父亲又取水洒扫附近几座不辨主人的石碑："虽不知道您是谁，但都是我父亲的邻居，请多多关照。"我离乡已久，高中后几乎没有扫过墓，未想在异国倒有此行，难免一叹。下山后往海边鱼市饱食，客人亦多有方扫完墓者，熙熙攘攘，倒有几分周作人《上坟船》中所言意趣。新捞的海胆真美味，啊啊，美味，平常却是吃不到的。

回校后，假期将尽，长日消磨。之前所买芍药全已盛放，新居玄关所挂菖蒲、艾草业已枯萎。素有恪守某节某日有某花开、应食某物、行某事的习惯，只为寻点名目，让凡庸不过的日子略添一点趣味。其实做与不做都很惘然，盖旧诗所云"时新节物催人老"是也。闲翻到一首元诗，讲初夏田家雨中事："细雨朝来湿白沙，风前整整复斜斜。林蕉间展琉璃叶，野蔓竞发金银花。田父扶犁驱一犊，稚女踏车垂两丫。年年梅熟愁蒸暑，却爱小池鸣乱蛙。"辞藻虽浅白，但质朴活泼，情绪也舒展可爱。故录于此，共勉扫忧愁，勤劳动。

松如

丙申立夏后三日

荐剧

嘉庐君：

前日与你推荐本季日剧《重版出来》，方才看了第八集，又忍不住想跟你感叹，确是好剧。深入描绘出版业细节：挖掘新人、陪伴老作者、催稿、报选题、改稿、定稿、下印厂、销售……讲的虽是漫画行内的事，但稍对出版事业有兴趣者，都很难不对之感兴趣，任情绪随之起伏。

近年来，日本不论杂志还是书籍出版，状况均不很乐观。方才又读到一则新闻，说2015年日本有一百七十七种杂志停刊，创刊九十一种，贩卖量大减。《重版出来》里，也从多重角度展现出版业的艰难：投资人极重效益，编辑部领导工作量今非昔比，同业竞争极其苛酷……最明显的，是下层小书店，尤其是地方小城市书店的相继凋零。统计数据表明，1999年至2015年，日本全国书店数逐年减少，十七年间，减少了八千八百零八间新旧书店，大约每天有一间书店消失。这个数字很惊人，不过，并没有将网店统计在内。书店总数虽然减少，但每间书店的占地面积却在增大，大概与连锁二手书店的崛起有关。不过这些超市风格的二手书店能存续多久，也是问题。有评论称，实体店的销售额的确减少，但不能无视网店及电子书的销售量。"出版业远未到崩坏的地步，不要过度悲观。"作为爱书人，自然乐见此说，不过实体书店的萎缩，确有痛感。如京都这样人均占有书店率很高的地方，这些年在此依然见证了不少书店的闭门（如三条的纪伊国屋书店、水明洞），或缩减店面（如春琴堂、银林堂）。更不用说到外地小城旅行，所见书店寥寥无几，主人无不感慨步履维艰。人口减少、经济萧条，对小城市的打击最为明显。《重版出来》第八话，就给出了书店闭门的画面，令人心痛。

　　一个粗浅的印象，日本出版业、旧书店勃兴大概有这样几个阶段：明治大正年间，时代变革带来的崭新风气；昭和初年，旧日名家贵族散出大量藏书，出于保存传统文化的动机而大量影印出版珍贵典籍；泡沫经济高扬期，景气之时，百业繁昌。反町茂雄的回忆录对旧书店及旧书拍卖业的兴衰有十分细致精到的记述，读来令人心潮涌动。平常翻阅足利学校秘籍丛刊、古典保存会系列、天理图书馆善本丛书等，亦可对应到这几个阶段。影印典籍的背后，可反映某一时期学界及收藏界的兴趣。天理图书馆的重要收藏，主要是第二代真柱在弘文庄主人反町茂雄的指点下完成。收藏者的热心及财力、中介者的眼光及魄力、市场上涌现的珍品，缺一不可。这些出版物，直到今天仍是学者或爱好者研究、收藏的对象，足见其意义。时间是出版物价值的重要考验。这一两年，勉诚出版、天理大学图书馆又推出新的善本影印系列，可谓嘉惠学林。与某旧书店老板提及，他痛陈今日出版社学术水平下跌，"解题竟不乏错字，呜呼"。又云，"幸好影印技术有进步，全彩高清，还是有价值"。

这个时代，应该是日本出版业不乐观的时期。《京都古书店风景》出版后，有读者深羡日本旧书市场，亦不乏嗤之以鼻者，称日本图书界早已不行，光靠情怀无法立足。然而经济有起伏，时代风气有升降，大面观之，感慨

2015年京都首届初春书市所见《京都手帖》

几句"今不如昔"也罢；身处其中，应有所坚持、思索。《重版出来》打动我的内容实在有许多，且举第八集一幕，主编替抱恙的书店主人将老客户所订图书送货上门，整整齐齐包好的《生活手帖》、《家庭画报》，都是历史悠久、深受欢迎的杂志，我也十分喜欢。今年NHK晨间剧讲的就是《生活手帖》创始人的故事，同样推荐给你，战后创办杂志的部分最精彩。一味叹息时代堕落，并无用处，不如思考如何留下一点用心的东西，可传诸后世，不惧后人评点。匆匆。

松如

6月2日

日人写经

嘉庐君：

见信好。旅中寄书，此刻正在去金泽文库的电车内。

近日东京有书陵部收藏汉籍画像公开纪念会，蒙友人见告，又作东行。会议前日有宫内厅书陵部介绍参观活动，可惜学校有事，未及参与。会议内容，门外汉如我，多难知其味。有韩国研究者讲述韩国汉籍的传入与出版，恰好填补知识空白。陈正宏先生比较上海图书馆与书陵部所公开之汉籍图像，很增见闻。

有一则颇有趣，此番书陵部公开图像中，有永仁五年（1297）《古文孝经》写本，因书末有跋文曰："永仁五年（原注：太岁丁酉）二月廿九日宋钱塘无学老叟吴三郎入道书毕。"永仁为日本伏见天皇、后伏见天皇时期年号，时代区分在镰仓时期，永仁五年即元大德元年。故日本研究者认为此即镰仓写本。陈正宏先生云，所用纸张虽为日本

1. 金泽文库所在的称名寺内景色
2. 金泽文库站，途中匆匆以手机写信

皮纸，而书者为中国人，这也可断为宋元之际写本。确为汉字文化圈独有之关联，足可深味。

提及写本，想起今春上海博物馆吴湖帆展，见一件《楷书大方广佛华严经卷第卅二》，吴湖帆跋云："唐人写经卷子，自光绪间敦煌石室坍发之后，传世甚多，耳濡目染，余所见亦不止数百卷矣。此卷吾家旧藏，非敦煌发现本。其先不知所出，书法与经文较敦煌本无大出入，惟纸色则传世较古耳。"上博图录及说明均标注"唐 佚名"，云"知此卷为传世珍品"。

而卷尾却见"法隆寺一切经"之印，为奈良法隆寺一切经用印。颇觉疑惑，当即询诸师友，未得确切结论。此前仅知国内图书馆有藏京都高山寺流出经卷，为杨守敬等人昔年带回，暂未闻法隆寺一切经之收藏。吴湖帆云"吾家旧藏"，或为吴大澂所收。江户末期，日本寺院收藏内外典、写本抄本等多有流出，法隆寺亦不例外，流入中国大有可能。其时中国藏家对佛经写卷不甚重视，远不及对宋元刻本、绘画的兴趣。今日市场有伪造唐人写经，在当日则不太有必要。即便伪造，也不应有此印。同时，更无理由特意伪造法隆寺一切经，因在当时的日本不甚受重视，在中国更无识者。吴湖帆判定此为唐人写经，无视法隆寺一切经之印，很可能是他不知奈良法隆寺，不知日人写经而已。

2016年春上海博物馆吴湖帆展所见《楷书大方广佛华严经卷第卅二》，有"法隆寺一切经"之印

昨日会后，请教梶浦先生，刚给他看第一张照片，便云这是法隆寺一切经无疑，他也早在图录中注意到这点。并解释法隆寺一切经之构成，形成时期较长，原有约七千卷，今日法隆寺仅存约一千卷，其中九成为重要文化财产。大谷大学也有相当收藏，竺沙雅章先生曾主持研究。

从前在旧书贩卖目录中见过一种《大方广佛华严经卷第八十》，标注为"天平写经"，如果与吴湖帆此件属同一时期写成，那么确也在唐代。梶浦先生复从笔迹方面解释，曰早期日人写经，善学唐人书法，架构谨严，笔意颇近。到平安时期，日人惯写假名，笔势较飘逸，无有从前的"紧张感"。至后期，日人字迹更与唐人有别，所谓"和臭"益发浓郁，一望可知。紧张感一词印象很深，非对写

本极熟悉者，难有此种直觉，很钦佩。"不过最直接的，是从纸张判断，看看用纸是否为和纸，就毫无疑问了。"

《清稗类钞》云："日本有力之家，藏书于土藏，虽屡经火焚而不毁。至于钞本，则用茧纸，坚韧胜于布帛，故历千载而不碎。至其藏于高山寺、法隆寺之佛经、经史古本，亦皆完整如新。盖日本崇尚佛法，即有兵戈，例不毁坏也。"昔年清人赴日访书，首先留意宋元刻本，次之唐抄本。时至今日，明清刻本已属难得，和刻本也逐渐受到关心，日人写经亦有市场，大约是"退而求其次"之意。而对收藏的兴趣再浓，若无查考历史的眼光及用心，终究流于浅薄。常有师长训诫此点，令人警醒。

山井鼎与同门自江户步行往金泽文库、镰仓旅行，耗费数日时光。而今电车飞速，须臾已至目的地矣。暂先至此，容后再报。

松如

6月5日

朝鲜册架图

嘉庐君：

　　见信好。梅子已下市，刚买了李子与蜜瓜，痛快地吃了。中夜依然蒸热，微有凉风而已。"槐花满院气，松子落阶声"，"星繁愁昼热，露重觉荷香"，甚至不如拣这些句子消暑。一年已半，我仍是老样子，计划永远难以如期完成，总在忙乱中。

　　昨日去了北区的高丽美术馆，幽寂的庭园，小楼内展出佛像与瓷器，多为朝鲜实业家郑诏文的收藏。我们对于周边国家，常有寻找"相同"之处的意识，对于"不同"，往往不甚在意，或不以为然。因此有时，发现问题的能力，反不如完全异文化背景的人。有一件高丽时代象嵌菊花云鹤纹青瓷碗，据说类似中国的吉州窑。很喜欢云鹤的意象，从前在小说里，起过一个名字，王云鹤。想起前日在网上见到有人发《瑞鹤图》的高清细节，飘杳凌烟，最喜欢。

有一件朝鲜时代的册架图屏风，共六面，绘文房景象，颇细腻优美，这种装饰画，我第一次见。册架图又云册巨里、文房图，朝鲜时代中后期十分流行，基本构图是书架、书册、瓶炉、花果、卷轴。最初流行于王室，据说正祖极爱册架图，甚至科举考题中以此为诗题，后来推广至士族阶层，可谓"两班与平民共同享有的儒教社会的产物"（赵要翰《韩国人的美》）。一般都设色明丽，细节丰富，很富装饰性。这次看到的尺幅不算大，有一幅瓶花是紫色桔梗，极富韩国趣味。

回来翻看小学馆《世界美术大全集·朝鲜王朝》，有一幅今藏冈山县仓敷民艺馆的册架文房图屏风，尺寸为146.0×285.0cm，很庞大，共八幅，二十八格，除各种线装书册外，还描绘卷轴、茶壶、珊瑚、孔雀羽、炉瓶三事、文房具、桔梗花、佛手、水仙花。有一函书，函套半开，内中少了一册书，想是被主人取出的意思，笔触细致，意境鲜活，比高丽美术馆那幅内容丰富，颇有清代宫廷绘画中人物背后所列多宝格的意趣，只是将此局部放大，充满整屏，那么身处其间，本身又如画中，这种"情景再现"，细想很有意思。册架图的流行，还可以反映出李朝社会对文化、书籍、读书行为的普遍渴慕。没有卷册的普通人家，可以用这种色彩鲜明的图画作为室内装饰。这一点非常有趣，至少在中国与日本，都没有见到这种流行于民间

朝鲜18～19世纪册架文房图屏风（今藏冈山县仓敷民艺馆）

的绘画，或许也是因为近世以来，中日两国出版业甚为发达、出版物并非难于入手之故，要装点居所，径可买书，不必仅用绘有书函的屏风。柳宗悦将此归入"朝鲜民画"范畴，评价甚高。但早期流行于宫廷及士人阶层的册架图，很难说是"民画"，应更近士大夫、文人趣味。可巧，看到网上说，近日韩国正有"文字图·册巨里"的展览，皆属"民画"范畴。"文字图",即变形装饰字,内容大抵是"礼义廉耻"、"孝弟忠信",花样极多,也真是"儒教社会"的独有现象。我更关注册巨里,很想得到展览图册,不知最近有无朋友去韩国。

近日为找资料,翻阅《竺可桢全集》中日记卷,信息量巨大,记述极认真。1945年之前的记录、1945年至1949

年、1949年转折之后，不同阶段，都有非常耐人寻味甚或令人难过的细节。上世纪30年代买书、读书的记录也值得关注。到1949年后，就是天天学习新朝官定书籍报刊了，如何不令人警醒（如1969年6月18日，"三点多我至地安门大街新华书店，购《九大文件汇编》一本，已经剩下最后一本了"；6月19日，"早餐后，背诵《毛主席语录》"）。提到书店，想起前日某师兄说，日本一些历史较久、经营中国书籍的书店，往往后来与中国疏离，甚至转向（如汇文堂）。50年代兴起的一批书店（如东方书店、朋友书店），对中国当代文化更有好感（如东方书店，几十年前卖红宝书，现在也可以买到国内最新的流行书籍）。政治、文化的影响，无处不有反映。

除却自己关心的问题，还有一点十分值得注意，便是他作为气象学家，对物候细致入微的观察与记录。随手摘录，1943年1月10日徒步缙云，"沿山均种豆麦，豆已开花，此与江浙一带不同……山上有画眉不少，树花亦有放者"；1963年3月18日，"西安小谷已抽青，与北京已是不同……在重庆机场有户外所种茶花已开到尽头，桃花也盛开，正值盛春时节了。到昆明则野外油菜花已黄足，蚕豆已老，翠湖铁茎海棠也盛开，正如江南清明时节或北京谷雨以后情况"；1973年4月5日，"紫丁香初开，比往年早得多。医院东边对门的花全开……山桃满树叶子"；4月7

日，"家中白丁香初放，杏花尚未全落"云云，这种记录方法，很值得学习。

前日你为查阜西影像资料事所联系的那位故人，近来我也想起渠，并去看了渠最新的言论。人与人之间因观念不同而产生割裂与恶意，竟至分道扬镳，日行日远。而最近几年的形势，无疑也促进了这种割裂与恶意。中夜徘徊，能无感慨。

匆此，顺颂

夏安

松如

7月5日凌晨

【补记】

昨日蒙研究室韩国同学李君惠赠此信所云"文字图·册巨里展览"图册，为李君回国之际，自韩国首尔书法博物馆某老师处拜领而得，于此谨致谢忱。翻阅一过，颇见有趣细节，追记如下。

册架图兴起于18世纪中期，先时画工细腻，多宝格或书架内所陈卷帙、文玩亦极精美，技法多取来自清代宫廷的透视法。卷帙之外，最常见的物品有印石、瓶花、果盘、

조선 궁중화·민화 걸작
문자도文字圖·책거리冊巨里
MINHWA AND COURT PAINTING OF THE JOSEON DYNASTY
MUNJA-DO AND CHAEKGEORI

同学李君所赠"文字图·册巨里展览"图册。为韩国首尔书法博物馆某先生处拜领而得，特此致谢

炉瓶三事、怀表、文房具、眼镜、茶器、插有孔雀羽或珊瑚的花瓶。书帙摆放整齐，有些是书脊朝外，有些是书口朝外，有些则是天头或地脚，重重叠叠，书函颜色、质地，书衣，包角等细节，无不得到充分表现。往往绘一函未扣紧的书，内阙一册，暗示主人的阅读行为，乃画里画外有趣的呼应。一些18世纪册架图的构图，尚保留文人画的风雅气息，并非只是叠床架屋地摆书，而是将书册卷帙、文房炉瓶、插花茶器设置得较为分散，留白较多，譬如一瓶桃花，一盆石菖蒲，并茶壶、笔筒，倒也清雅。

　　至19世纪，册架图流行于民间，虽然主题仍是书册、

文房具、瓜果、瓶花，但风格、内容颇有变化。譬如笔筒内常置信封，上书致信人与收信人姓名，如"洪参判宅"、"朴生员宅"等等，是读书人的生活细节。摊开的书册内容也历历可见，如《赤壁赋》、《小学》之类。卷轴亦有打开者，往往书写诗句。砚台内有一滩新磨的墨，墨上还有"蓉堂新制"、"首阳梅月"等字样，皆为李朝时代上品墨，如今在韩国似乎依然能买到。画面色泽更为浓丽，红、蓝、碧、黄为主调，已非文人趣味。有一对19世纪的屏风，上有识语，其一云："有一只龟瑞气浓，书匣而匣后置花，盎香动春风，其内养一只百年鸟，向人能言语。"又一云："案上立一古铜壶，插孔雀尾数茎，其傍设笔砚之类，皆极齐楚。"虽字迹歪斜，内容亦十分幼稚，说明主人并非真正的读书阶层，但却是反映这一时期朝鲜民间趣味的可贵材料。

2017年1月8日，山中大雨

作为供养的儒家经典

嘉庐君：

光阴如流，连感叹空暇也无。迟迟不覆信，也非常抱歉。7月末以来，调查上世纪20年代至1937年中日两国汉籍影印事，发现许多有趣的资料。然而挖掘资料总是愉快，连缀成文却颇费周章。兼之今夏酷暑尤剧，时事纷扰，心绪繁杂，总也提不起精神。

明天开始，日本大概就要过盂兰盆节，家家归省，如正月一般郑重。图书馆也开始放假，心中涌起不安，好比面对即将可能到来的物资匮乏，特别想去超市囤货。冷静一下，劝自己应有勇气面对有限的资料，提炼精致的问题。方才倒是在图书馆经学区域发现一则很小的材料，宝历九年（1759）己卯夏五月皇都书林丸屋市兵卫、今村八兵卫、风月庄左卫门刊刻的《周易》十卷本末，有墨书云：

奉请五经全部

为不孝罪诸恶灭罪生善五常成就三业清净

悉地成就乃至法界平等利益也

天明四甲辰年八月廿五日

施主和列山阴村井上清右卫门

　　丸屋市兵卫、今村八兵卫、风月庄左卫门皆为京都书肆，江户时代以来，刊刻图书甚多。其中，风月庄左卫门名气很大，堂号风月堂，姓泽田，代代通称庄左卫门。据高桥明彦考证，初代风月宗智店铺大约在京都二条通观音町。二代被《元禄太平记》评作"书肆十哲"。风月堂中兴之祖为泽田一斋，大约是第五代，名重渊，字文拱，元禄十四年 (1701) 二月十九日生，天明二年 (1782) 二月十四日去世。明和五年版、安永四年版《平安人物志》将之列入"学者"栏："泽重渊，字文拱，号奚疑斋，二条衣之棚角，风月一斋。"岩波《古典文学大辞典》"泽田一斋"条载《松室松峡日记》延享元年 (1744) 四月二十四日云："风月庄左卫门能诗文，亦似华人，能作小说之文。"除出版小说之外，他也出版过不少经史类书籍，如《诗经毛传补义》（延享三年），与其他书肆合作出版过《春秋左氏传》（宝历十年）、《笺注蒙求》（明和四年）等等。今日图书馆内所见宝历九年本《周易》，出版者之一正是这位

延享三年（1746）春风月堂庄左卫门刊《诗经毛传补义》（早稻田大学古典综合数据库）

第五代风月堂主人。

这三家书肆还在宽延二年（1749）合作刊刻过《毛诗》（二十卷、《诗谱》一卷），宽延四年（1751）刊刻过《古文尚书》，宝历九年（1759）刊刻过贺岛矩直句读的《礼记》二十卷。天明四年，即西历1784年，兼考虑这一时期五经中《春秋经》的和刻本出版情况，墨书中所云"五经全部"，有可能是指以上四种，并宝历十年（1760）刊本《春秋左氏传觿》（冈白驹辑）。

山阴村井上清右卫门何许人？一时难考，盖此类姓名重复率很高，且数代沿用。"灭罪生善"、"五常成就"、"三业清净"云云，倒是常见的祈愿辞，现在还能见到。

匆忙来信，是因对儒家经典作为供养的行为颇感兴趣。这种行为在中国是否有先例，在日本是否为常事，我都不知。但知日本寺庙一直注重收藏外典，五山版中亦有外典。今年6月初随友人访建仁寺两足院（便是藏有元刊本《玉海》的两足院），即见到所藏大量儒家经典。故而请教你，或许你也会感兴趣。

　　夜里吃过饭，在校内散步，不小心遇到一大群猫，悠闲而不失庄严地，各自躺在金色的夕光里。它们严肃而淡然的姿态，令我不敢贸然打扰，默默退回。前日听说，由于经营不振，收入锐减，创业于1951年的学术书专门出版社创文社解散在即，实在怅惘。创文社的书很有名，如平冈武夫《经书的成立》、小川环树《中国语学研究》，都是"东洋学丛书"系列中的经典。"中国学艺丛书"也很好，清秀小册，定价很低，譬如吉川忠夫《中国人的宗教意识》、木下铁矢的《清朝考证学及其时代》、小岛毅的《宋学的形成与展开》等等，迄今已出至第十七种，可惜将成绝响。朋友书店进门处的书架上就摆着一列，与山本书店的"研文选书"、平凡社的东洋文库并排，去店里总会买一两册，感兴趣的书目，大概已经收齐。

松如

8月10日

黄檗之行

嘉庐君：

今年给你信尤其少，也并不知自己在忙什么。今日跟研究室的同学去宇治、黄檗一带看红叶、散步。惯常独来独往，并不喜欢与人同行，又觉时间紧迫，实在不该出游。犹豫了很久，直到今早出门还在犹豫……被自己的纠结震惊，才放缓焦虑的心情。电车行至郊外，层峦尽染，其上是温柔的灰云，天并不冷。

先陪同学去宇治。春天曾来过一次，与零陵同游，买了去年的茶、一只新笋、一盒山椒渍新笋。还记得当日春寒料峭，新发春柳随风乱舞，花房里养着的牡丹即刻要绽放。而今日所见，已是山茶花、茶树花、枸骨、枇杷花、南天竹、金银木，光阴何速！在同一家店买了今年初夏的新茶、一袋酒糟、一盒柚子腌萝卜。

平等院，虽然很喜欢，但游客太多，不宜久留。但凤翔馆的云中供养菩萨，却百看不厌。记得多年前第一次来，就很兴奋地把那尊抚琴的菩萨说与你。京都府立大学历史系的渡边信一郎老师，当年第一次看到云中供养菩萨，深为感叹，遂有专著《中国古代的乐制与国家——日本雅乐的源流》（『中国古代の楽制と国家——日本雅楽の源流』）。

于我而言，此行最大的目的，是去距宇治一站之遥的黄檗，看一看黄檗山宝藏院铁眼一切经的藏版库。黄昏终于顺利抵达，此前看网上说，进藏经库需要事先预约，昨日电话，对方非常客气，说现在没什么人来，您什么时候过来都可以。没想到黄檗如此冷清，万福寺也无甚游客。

万福寺开山祖师隐元禅师是明末清初福建的僧人，黄檗宗是日本近世之前各派佛教中最晚开宗的一派，与近世中国历史、文化也渊源最深。建筑、佛像、仪式、斋饭，都有浓郁的中国风格，同其余寺庙风格迥异。经文亦全以唐音念诵，与最早传入日本的吴音，及之后传入的汉音发音相当不同，大致可以理解为镰仓时代之后传入的江南一带发音。宝藏院在万福寺旁，是铁眼道光禅师为开版一切经专门建立的寺院。所依原本为隐元禅师所携而来的明版大藏经，前后所费十七载光阴。现存版木六万枚，所用木材全为吉野樱树，是江户时代广泛使用的版木材料。

黄檗山宝藏院

进得寺内，恰好有印刷企业的员工见学完毕，剩下的只有我们一行。寺内人领我们入库，耐心讲解。藏版库上下两层，1961年新建，版木按《千字文》排列收藏，望去浩瀚整然，十分震撼。一版通常为两叶，有些会在旁边注明：不可用黄纸。即不可用经折装所用的黄色纸张，应用线装所用的白色纸张。亦有专为经折装所刻者，旁刻一行平假名文字：不可用白纸。即为经折装，应用黄色纸张。这是方便印经师操作的朴素直接的提示。京都二条的古书店贝叶书院自江户时代起，即负责印行宝藏院大藏经，至今如此。如有寺院需要经书，可通过贝叶书院预定，贝叶书院再请宝藏院的师傅印经，之后由贝叶书院装订、发行。宝藏院现在的印经师最早是从贝叶书院派来，问他在此工作多久，对方笑答："已经四十多年了吧。"又问他有无弟子，答曰他是师傅最小的徒弟，下面暂无年轻人。

近来贝叶书院恰好在请宝藏院印经，库内摆着牌子，"黄檗山宝藏院藏　铁眼版一切藏经　印刷中　印行、颁布所　贝叶书院"云云。之前朋友见示资料，云上世纪30年代初，昭和天皇曾命京都寺町通三条书肆其中堂复制黄檗大藏经两部，一部送给伪满新君溥仪，一部送到东京。而今两部经书下落不明，去其中堂打听，现任店主遗憾云："您若早来一些年，应该可以知道，因为家父很熟悉，而他已故去有年。"今日问宝藏院的僧人与印经师，亦云不

1
———
2 3

1.宝藏院藏版库内景，分上下两层　2.宝藏院藏版库内景
3.印经台

京都二条的贝叶书院

知详情，但知从前的确有铁眼大藏经送至伪满洲国。

　　匆匆书此，是为与你分享一点见闻，暂乏深考。下周二要去东京，又是忙碌的几日。种种奔忙里，今年已近尾声，能无怅惘。匆此，顺颂

冬安

松如

丙申小雪前两日

和歌山 旅中书

嘉庐君：

见信好，此刻又在电车里给你写信。

昨夜忽然决定，要去和歌山市立博物馆看一个江户时期本地绘画的特别展。

近日一直关心山井鼎（江户时代学者，号昆仑）《七经孟子考文》的原本、副本。原本一种，现藏本校附图。副本有二，一在宫内厅书陵部，一在天理图书馆。前两种流传来历已然清楚，而天理本对我来说尚有"谜样的二十七年"。天理本旧为南葵文库所藏，即西条藩给纪州藩的献上本。1934年因旧纪州德川家财政困窘，流入市场，由大阪鹿田松云堂主持拍卖会，规模隆重，是昭和旧书市场屈指可数的盛会。同期出品还有昆仑所用闽刻本《十三经注疏》，笔迹整然，令人油然而生思慕敬爱之心。此本由狩野直喜购入京都东方文化研究所，现藏京大人文研。吉川幸次郎曾录昆仑笔迹若干，收入人文研善本解题。而此副本《考文》则在当时被"和歌山某有力者"所收。据当时《日本古书通信》记载及反町茂雄回忆，此次拍卖会大部分精品都由这位和歌山买主收入囊中，可惜反町在文中表示，"已经忘记了名字"。不过，这些精品后来重现大阪书市，大部分为反町所得。1961年，该副本入藏天理图书馆。前两周在天理见到，书箱有多纪仁1934年所撰跋文，揣摩文旨，应非其自藏。此外有图书馆标签，写明为1962年宇野晴义寄赠。这位宇野是福井县天理教区管理人员。据知情老师指教，天理教教众常有购买珍籍、献给真柱（教主）的做法。是书每一册末叶均钤反町藏印"月明庄"，而反町与天理教二代真柱交游极笃，那么，判断此书经反町进入天理图书馆，应该无差。那么，1934年的大型拍卖会上，《考文》究竟被哪一位"有力者"所收？其后直到1961年的二十七年间，《考文》的所藏状况，是我没有解开的谜题。虽是无关宏旨的细节，却令我十分纠结，此处不探明，总觉遗憾。询问多方，均未有答案。

最近重新翻阅1934年鹿田松云堂拍卖目录，再次检视当年与《考文》同时去往和歌山的书籍。当中有两种题目很有趣，一为"纪伊山中信古编 上 邦彦校 自笔稿本南海包谱 一册"，一为"柑橘图绘 上 邦彦彩色图稿"，俱为和歌山柑橘主题的地方文献。如今所在何处？恰好看到和歌山市立博物馆特别展的目录列出这两种，标记"个人藏"，是否就是这两种？若是，可否由此解明这位神秘的"和歌山有力者"？

因此，匆匆出门，来到和歌山。

去年去和歌山南部善福院访山井鼎墓，只是路过和歌山站。前一次来，还是五年前。当时也给你写了信，讲到贵志站的猫站长，而今斯猫已逝，和歌山风景如旧。远望山中层林尽染，遍是橘树。

下车后，直奔那两件展品，《南海包谱》展出序言一页，钤"旧和歌山德川藏"与"南葵文库"。后者上方覆有"ケシ"印，与今图书馆放出图书时所用"除籍"印同，即1934年离开南葵文库之际所印，天理本《考文》序叶钤印情况同此。那么，这应该就是1934年拍卖会上的图谱了。

询问馆内研究者，试图打听"和歌山有力者"。对方沉吟片刻，云大概有几种可能，回去查阅画箱及馆内记录，或有所得，届时再与我邮件。

谜题依然未解，但似乎与答案近了一步。

还见到川合小梅若干绘画，记得当年读小梅日记，也未料到自己日后会与纪州发生如此多的羁绊。

明日要去神户开会，因此看完展览，匆忙回家。

如今交通工具发达，大大改变我们的生活。昔日从和歌山到京都，恐怕要走一日有余，如今也就三个小时。走

1
—
2

1. 和歌山善福院
2. 善福院内山井鼎墓

在路上的很多时候，都在想过去的人如何走过这些路途，他们看到了什么，又有怎样的感受。前日从东京去足利学校，也在想，昆仑当时往返江户与东京，一路都在想着什么？会随身携带书籍阅读吗？会想念遥远的故乡吗？又悚然惭愧，时代如此不同，寿命也长过旧时人，读书之事，可否能有他们的专注与所得？面对昆仑，我无数次这样反省。

再过四十分钟，就可以到家了。旅中的信，转瞬也可寄给你看。

期盼回信。

松如

11月26日，和歌山回京都途中，由南海电铁转乘大阪市内地铁、京阪线

旧书相与析

嘉庐君：

前日相询板框内外事，感谢答疑，很有收获。看来，自己测量时，框内框外都记录一下为好。倏忽又是一周，窗前山中枫叶红透，风声如骤雨，还有不息的鸟鸣。年末光阴短急，很怀念盛夏时诸事从容散漫的状态，也想念那时窗前的碧色浓荫。

近日在朋友书店买到东方文化丛书所收复制本内藤湖南旧藏《毛诗正义》。东方文化学院当时复制的珍本，有"新善本"之谓，市面不很常见，因为当时制作部数较少，多数分赠海内外图书馆、学者。朋友书店多平冈武夫旧藏，从前曾屡屡买到普通本，有些仅在扉页用铅笔写"平冈"二字。这次看到书目，即怀疑是平冈旧藏，询问店员，称不知。调出书来查看，果见第一册（卷第八）钤有阴文"平冈藏书之记"，确属其旧藏，欢喜买下。朋友书店常有学者旧藏放出，都是零星从书库整理出来，在目录也不会称"某某旧藏"，全凭猜测。

翻检此书，希望可以得到平冈先生留下的更多信息，但只在第二册扉页发现两张小照片，一枚框内为敦煌莫高窟藏经洞所出"宝胜如来佛"铭文图，为天理大学附属图书馆藏，可见于《天理图书馆稀觏书图录》，又名《三藏法师玄奘取经像》，原为大谷探险队携回之物。学校对面知恩寺藏有一件室町时代的木造经铜装箧，门扉左右对开，内部绘有阿弥陀三尊像，与宝胜如来佛所负经箧很相似。另一枚为风景，疑为某处石佛，辨识不出。平冈武夫青年时代研究《尚书》，留学北京期间曾与傅增湘有交游，并得到过傅氏所赠金刊本《尚书正义》，洵为佳话。他曾回忆自己的学术历程：

> 1935年，（北白川东方文化研究所共同研究班）开始校订《尚书正义》，我有幸叨陪末座。之后十年，专注《尚书》，成为我经学的根底。后来写出《经书的成立》（1946）、《经书的传统》，确立了"天下性世界观"的概念，成为我学问体系的基调。
>
> …………
>
> 1943年《尚书正义校订本》刊刻完成，我的关心也延伸到汉字的文化方面。我的研究便以天下性世界观与

"文"、"和"的理念为基调前进，并在汉字的文化中探索这些问题是如何被实践或表现的。我认为中国文化的特质蕴含在汉字文化中，于是写出了《汉字之形与文化》（1959）。我的主要研究对象在唐代文化方面，遂以唐代的时历、行政地理、诗歌散文作家及其作品展开基础研究。1959年至1965年间，编辑刊行了《唐代研究指南》，凡十六册。与此同时，1952年，人文研的"机关研究"制度起步，我被任命担当该制度的第一项任务——编集唐代史料。努力整理完基础资料后，逐步出版了《唐代史料稿》。在此基础上，我还重点研究了《白氏文集》，并出版了三册校订本。那是1973年3月的事，距我大学毕业已过去了四十年。

此复制本分乾坤二函，列入东方文化丛书第八种，1936年发行。有关原书来历，论者甚多，如《新修恭仁山庄善本书影》，以及桥本老师为人民文学社影印《南宋刊单疏本毛诗正义》所撰解题。原书今藏杏雨书屋，2011年至2013年，杏雨书屋也重新出过影印本，有吉川忠夫先生新撰解题。东方文化丛书本为珂罗版精印，杏雨书屋本似为重新拍照影印。对比二者，可发现后者改为四帙，各册封面亦完全不同。前者封面用香色和纸，题签为"毛诗正义　卷第几"。后者封面为赭色，题签为"宋板毛诗

1
—
2

1. 平冈武夫旧藏珂罗版宋刊单疏本《毛诗正义》，上有"平冈藏书之记"白文印
2. 知恩寺藏室町时代木造经铜装笈，门扉左右对开，内部绘有阿弥陀三尊像

正义　几"，右下又题"共十七本"。后者应为原书样貌。印章位置亦颇有出入，对比《新修恭仁山庄善本书影》可知，原书卷八首叶有模糊长方印，东方文化丛书本无此印，杏雨书屋本保留原貌。前信也说，我曾幼稚地认为，珂罗版制书可高度求真，而事实似非如此。特别是印章的情况，如东方文化丛书本《毛诗正义》所用印章，应为新摹新印，故而每本所钤位置均略有出入。这对理解原书意旨固无太大影响，但也提醒我影印本与原书之间的距离。陶湘《涉园所见宋版书影》重新摹印的现象更明显，钤印位置也与原书大有出入。复刻印章新制印谱，日本也很常见。之前用过南葵文库的《藏书印集成》（共三卷），便是旧南葵文库职员平野喜久代摹刻制成，检核甚便。

　　桥本老师在影印南宋越刊八行本《礼记正义》时所作编后记认为，影印图像只有通过比较才能取信于读者。而出版社"重归文献"系列的工作，的确超越前代。昔日难得一见的珍本，学者只能通过考文、校勘记一类的记录判别原书样貌，今日通过影印的方式流传原本，研究条件已完全不同。通过对比考文、校勘记与原书的出入，也可以推测考文、校勘记作者的思考过程及成书历程。以《七经孟子考文》为例，从京大人文研藏闽刻本《十三经注疏》，到京大附图本《考文》，再到天理大学附属图书馆与宫内厅书陵部所藏两种副本，可以清楚地看到山井鼎思考的过程，也可以看到正副本在转录过程中产生的修正或讹误。

此刻正在听查阜西《古怨》，"欢有穷兮恨无数，弦欲绝兮声苦。满目江山兮泪沾屡。君不见年年汾水上兮，惟秋雁飞去"，宁谧、淡泊、温和，听了没有悲伤，也无幽怨，真喜欢。不知南通天气如何？今年京都的冬天倒不算冷，红叶也格外久。

松如

12月10日，周六

微躯自傍诗书惯

嘉庐君:

方从清霜一般冰冷清澈的月色里回到家。原想在山下小酒馆吃点东西,冬天来了,夜里常觉饥饿。但并没有去。搬家之后,去超市不算顺路,家里也就没有什么囤积的食物了。

光阴无情,12月也已过半,且与你回忆上月中去国立公文书馆所见"喜爱书物的人们"之展。

内阁文库宝藏极丰,因为是政府部门,所以态度相当开放。早在张元济申请影印善本的时代,就很慷慨。如今更是将馆藏图书的高清大图公诸网络,极便使用。此番展览见到宋版《东坡集》,有滋贺仁正寺藩藩主市桥长昭跋语,述其于文化五年(1808)将所藏宋元版三十部献与汤岛圣堂事:"长昭夙从事斯文,经十余年,图籍渐多。意方今藏书家不乏于世,而其所储,大抵属挽近刻书,至宋元椠，盖或罕有焉。长昭独积年募求，乃今至累数十种。此非独在我之为艰，而即在西土，亦或不易。则长昭之苦心可知矣。然而物聚必散，是理数也。其能保无散委于百年之后乎。孰若举而献之于庙学，获藉圣德以永其传，则长昭之素愿也。虔以宋元椠三十种为献，是其一也。"又见丰后佐伯藩毛利高标所献藏书，是当年幕府御文库收藏之盛世，今由内阁文库继承。毛利藏书印很巨大，"佐伯侯毛利高标字培松藏书画之印"，难称文雅，也可见江户收藏风气受中国影响之巨。

有一种旧藏医学馆的明刊本《黄帝内经素问》，版本并不稀见，而所示卷五《热论篇第三十一》首叶右下角，有一枚小小的烟叶章，云"功同良相"。如何保存书籍，不遭蠹虫之噬，是古来藏书家、图书馆都深为头痛的问题。一般认为，烟草叶有防虫效果，因此时常能在旧书内见到烟叶的痕迹。而这枚小小的烟叶形章，用意幽默，格外可爱。同时展出了江户时代儒学者柴野栗山旧藏，书帙内填有大量烟叶，足见爱书人之心。

早在1989年，国立公文书馆内阁文库举办过题为"古书传承——先人的智慧与努力"的展览，本次展览恰可与之呼应。当年也设"防虫"一章，这两部"爱书之心"的书籍，也曾在那一次展览中出场。

想起《幕府书物方日记》所载幕府御文库曝书之事，

1. "功同良相"印
2. 塞满烟草以求防虫的书函

手续极为郑重繁杂，如日本正德三年 (1714) 闰五月二十一日，申请曝书所需诸用品：樟脑九十斤，樟脑油十斤，除虫纸所需曼珠沙华二斤、银杏一斤、上佳美浓纸一束，上上佳村纸六束，中等美浓纸三束，上佳那须纸八束，越前小奉书一束五帖，上佳浆纸一束，布巾三端，笔二十对，墨十挺。

在出久根达郎《御书物同心日记》系列小说中，也浓墨重彩地提到文库的防虫、曝书工作。主人公丈太郎刚进文库，"墙外透进光线，内部极暗。隐有艾草香气，想是作除虫之用"。"愈往深处走，忽而闻见樟脑气味。原来到了史部区域。莫非也按书籍种类区分防虫药剂？""如果下雨，书会受潮，因此今天只晒四仓库的五箱书。要领是在四仓库前的庭内铺上板子，其上横放书柜。板上覆盖毛毡。大约每处要有三叠大小，共设三处舞台。就在这里，将书柜内的书籍一册一册取出、摊开、风晒。书柜要横着躺下，当然也是为了驱散柜内湿气。""从书库内取出一箱一箱书，又一册一册取出，需仔细对照书目检核。检核完毕的书籍，由另外一人再次调查。如遇虫咬、受潮者，则需检出。只有状态正常的书，才会放到太阳底下。被检出的书籍，要运送到书库内的其他场所，由书物奉行仔细研究。"

出久根达郎是书店老板出身，写过许多有意思的书话、作家轶事。这个小说，光看题目，就知道必然出自爱书人之手。只是作者也坦言，并未彻底研究《幕府书物方日记》，因此创作想象的部分较大。这由作者行文亦可看出，不少地方含糊其辞，令人疑惑。写时代小说，须对这一时代的风气、文化、思想有彻底了解，所掌握信息须超出自己所写的对象，即所谓一角冰山后的全部。惟独如此，作者才可以很有底气，行文也愈从容。

日记中提到的樟脑尚可理解，江户时代以来，干银杏叶也常用于防虫，则不知有何根据。日常翻书，往往会在书页间遇到干银杏叶，久历光阴，惹人遐思。庆应三年

书页间邂逅的银杏叶片

(1867) 跋、古鸟羽南麻吕选、春整居梅所绘《端月集》，有小小一幅，绘线装书册上静静躺着的一片银杏，可以想见古人心境。曼珠沙华（彼岸花）用于藏书防虫则是第一次知道，不知具体如何操作。只知有用石蒜球根打碎涂墙者，取其毒性，期有防虫之效。

据长泽孝三文章云，现在国立公文书馆书库全年恒温二十二度，恒湿百分之五十五。万一遇火，采用的是二氧化碳注入法，尚在库内的工作人员须立刻撤出，幸好这样危险的事并未发生过。

《宋史》卷一六四职官志"秘书省"条云：

> 监、少监、丞各一人，监掌古今经籍图书、国史实录、天文历数值事，少监为之贰，而丞参领之。其属有五：著作郎一人，著做佐郎二人，掌修纂日历；秘书郎二人，掌集贤院、史馆、昭文馆、秘阁图籍，以甲、乙、丙、丁为部，各分其类；校书郎四人，正字二人，掌校雠典籍，判正讹谬，各以其职隶于长贰。惟日历非编修官不预。岁于仲夏曝书，则给酒食费，尚书、学士、侍郎、待制、两省谏官、御史并赴。遇庚伏，则前期遣中使谕旨，听以早归。大典礼，则长贰预集议。所以待遇儒臣，非他司比。宴设锡予，率循故事。

有关宋时内府曝书事，《文献通考·经籍考》中记述亦详。

刘挚《忠肃集》卷一八《秘阁曝书画次韵宋次道》云："帝所图书岁一开，及时冠盖满蓬莱。发函钿轴辉唐府，散帙芸香馥汉台。地富秘真疑海藏，坐倾人物尽仙才。独怜典校来空久，始得今年盛时陪。"

检索《明实录》，知弘治五年(1492)五月十二日内阁大学士丘濬言内府藏书管理事，所述极细致，历来不乏研究，当中亦云曝书事：

> 每岁三伏日，如宋朝曝书给酒食之例，先期奏请翰林院量委堂上官一二员，偕僚属赴国学晒晾书籍，因而查筭，毕事封识扃钥，岁以为常。南监钥则付南京翰林院掌印官收掌，其曝书给酒食亦如北监之例，皆不许监官擅自开匮取书观阅，并转借与人。内外大小衙门因事欲有稽考者，必须请旨，违者治以违制之罪录入。

沈德符《万历野获编》云："六月六日，本非令节，但内府皇史宬晒曝列圣实录、列圣御制文集诸大函，则每岁故事也。"

顾禄《清嘉录》六月有"晒书"条：

六日，故事：人家曝书籍图画于庭，云蠹鱼不生。

潘奕隽《六月六日晒书》诗云："三伏乘朝爽，闲庭散旧编。如游千载上，与结半生缘。读喜年非耋，题惊岁又迁。呼儿勤检点，家世只青毡。"

陈康祺《郎潜纪闻初笔》云："秘阁曝书，以每年三月六日，自康熙壬寅始也。"

《清稗类钞》有"孙石芝论藏书之要"条，内容芜杂不经，且取"收藏"与"曝书"两条观之，"至于书柜，须用江西杉木，或川柏、银杏木为之"，"曝书须在伏天，照柜数目挨次晒，一柜一日。晒书，用板四块，二尺阔，一丈五六尺长，高凳搁起，放日中，将书脑放上面，两面翻晒，不用收起，连板抬风口凉透，方可上楼。遇雨，抬板连书入屋内搁起，最便。摊书板上，须要早凉，恐汗手拿书，沾有痕迹。收放入柜亦然。入柜亦须早，照柜门书单点进，不致错混。倘有该装订之书，即记出书名，以便检点收拾。曝书，秋时亦可。汉唐时有曝书会，后鲜有继其事者，余每慕之，而更望同志者知效法前人也"。其过程与幕府御文库曝书法相当接近，只是汉唐之后，曝书之事并未断绝，似不必过度感慨。

清末民初，内藤湖南曾多次到奉天访书。1912年，在他提议之下，京大派遣他与富冈谦藏、羽田亨专程赴奉天故宫调查资料，《满文老档》胶片就是这一次调查中拍摄而得。他也曾观文溯阁《四库全书》，对内部构造、图书装帧、保存状况极为留心。"每年用樟脑六十六斤，用山鸟羽拂尘大小十六把仔细扫尘。隔年更换玻璃窗等。"（见《目睹书谭》）在他编辑的《满洲写真帖》中，便有文溯阁内景图。据说天一阁的方法，是在书中夹芸草辟蠹鱼，厨下置英石去潮湿，每年伏季进行大规模曝书活动，通风晾书，掸拂尘灰，检查蠹鱼。

前月去足利学校观释奠礼，知道每年11月彼处亦会曝书。每周六举行，延续一月，每日约晒八十至一百册。曝书在日本绝大部分图书馆都已绝迹，自明治四十五年（1912）《图书馆管理法》颁布以来，一年一度的曝书渐渐改为福尔马林、二硫化碳熏蒸杀毒，另以樟脑与除虫菊配合除虫。

平常逛旧书店，也很关心他们如何保存书籍。名古屋饭岛书店多线装书，主人饭岛老先生给每一种都包上玻璃纸袋，内贮充足樟脑，故而一进店门，迎面便是浓郁的樟脑香气。学校图书馆线装书、卷册等皆用鸠居堂防虫香，我也效仿，常用此物。鸠居堂还有衣物防虫香，最适置于和服衣箱内，"何人袖底暗香"。

有意思的是，读书人已习惯了与如此可怕而防不胜防的蠹鱼相伴。偶检《顾千里集》，见一首《桂枝香》，咏蟫

$\dfrac{1}{2}$

1. 2016年足利学校释奠礼现场
2. 名古屋饭岛书店

1
—
2

1.在名古屋饭岛书店家看书，店主老爷爷端出茶水与点心，店内漂浮着浓郁的樟脑香气

2.常用的鸠居堂防虫香，与京都大学图书馆所用者相同。鸠居堂防虫香分书画用、衣箱用二种，后者也会常买，置入壁橱内

（音银，即蠹鱼），极见千里性情，近于自况，录之如下：

> 青缃缝里，任小影作缘，踪迹如此。犹忆经年不出，癖应谁似？微躯自傍诗书惯，又何关、未甘饥死。羽陵须笑，函边小草，恁干卿事。　有几许、餐奇远思。竟冷伴长恩，忘却身世。愁堕埃中金粉，那堪还缀。前尘但乏神仙分，吐撑肠岂无三字。此君仍负，些些风尚，懒钻窗纸。

明清以降、江户以来，讲述扫除蠹鱼、修补旧书的文字尤其多见。譬如黄丕烈书跋中，多见捉蠹鱼、晒书之记载。而自号蠹鱼、纸鱼、蟫的读书人，也越来越多。亦可证这一时期出版业发展与书籍普及。拉杂满纸，聊增谈助。也想听听你那边有关防虫的故事。

松如

12月16日，降温，窗前木叶尽凋

卷十二

【园上】

晴雨录

嘉庐君:

新年好。

一向很喜欢ANA机上杂志《翼之王国》中"便当时间"的栏目,介绍不同职业的人们各自的便当,首页一张便当俯视全景图,次页一张便当主人的正面写真,准确选取其人微小却深入的生活断片,非常动人。不记得是哪一次读到的哪一篇,那位主人曾是公务员,因为关心天气,想考气象预报士,连考了好几次,终于通过了,如今本职之外,尚有预报天气这样的副业,负责给当地居民撰写气象小指南。气象预报士! 非常吸引人的职业。全日本大约有九千名,近九成为男性,不过近来也越来越受女性青睐。日本的国家级资格考试超过一千二百种,分为S(超难关)、A(难关)、B(普通)、C(较易)、D(容易)五级,气象预报士资格考试的难度为A,合格率在4%至7%之间，与一级建筑士、地方公务员上级职位、国家公务员一般职位、牙医、兽医的职业考试难度相似。每年有1月、8月两次，笔试之外，还有实践科目，如天气预报、如何应对台风天之类。

我很爱看天气预报，是日本气象协会日直预报士专栏的忠实读者。每天早上，醒来第一件事，就是在枕上刷一下天气情况。专栏文章的标题虽然朴素，却非常准确地传递了鲜明的季节感。"东京，周日最高气温会有二十度么？"（2017.1.28）"北海道，网走流冰初日。"（2017.1.31）"宫崎，今冬无雪否？"（2017.2.2）"周六立春，日间温暖如春。"（2017.2.3）今天一早读到："关东地区，观察到春一番。"恰好窗外蒙蒙细雨，山中枯枝泛出薄薄的轻红，是新芽将萌动的消息。高处香樟树林缓缓摇动，群鸟在枝叶间，啼声也比冬季更轻快。温度未必很高，但气味与风的锐度与冬天决然不同，心中混杂着赞叹乃至惆怅的复杂情绪。

春一番，指每年二三月间立春至春分的时段，最早吹来的劲健南风（北海道、东北地区、冲绳除外）。春一番的语源，大约来自渔师对风的观测，是初春的季语（俳句中代表季节的词语，以小林一茶"黄昏的樱花，今天也已经变作往昔了"之句为例，"樱花"即本句季语），近代以来用于气象预报。日本气象用语有不少从季语脱胎而来，

春天到来，香樟树冠缓缓摇动

"春一番"是如此，秋天的"木枯"也是如此，指太平洋一侧晚秋至初冬每秒八米以上的北风或西北风，光看"木枯一号"这一名称，便可回想起萧瑟的寒风。有许多歌曲咏唱木枯风，譬如小泉今日子的名曲《木枯风的怀抱》，典型昭和风情的悲恋："相逢在风中，自此坠入恋河。不经意间，渴望你。不流泪的恋心呀，若心愿实现，渡过泪河，一切都想忘记。痛苦的单恋，你不知晓。""冰雪季节的冷风吹来，寒冬已至，熊熊燃烧的恋火，谁也无法扑灭。"天之川，即银河，是夏天的用语。有明之月，指旧历十六日之后清晨残月的余晖，《古今集》有坂上是则的名句："长夜将尽，有明之月，吉野里中飞白雪。"

讲谈社学术文库出过一册《雨之辞典》，收录了各种和雨有关的词汇。前言很有趣："据稍早之前的统计资料、日本洋伞振兴协议会的调查可知，日本人均持有的雨伞数目，男性平均为1.8柄，女性为3.5柄，5人家庭约有10把伞。1984年之际，全日本一年需要约6000万把伞，而美国约为2000万把，欧洲全境亦只需要2000万把。这些数据每年略有不同，至1993年，日本人均持有雨伞数约7把，年均需1亿把伞。日本人的生活和雨有深刻的关系。"任意检出若干条目：青梅雨，青叶雨，秋时雨，秋湿，雨音，雨隐，嘉雨，风花，栈云峡雨，夕雨，猫毛雨……对于爱雨的我而言，单看这些词汇就可以得到许多愉悦。

从前买到过气象学者根本顺吉的《江户晴雨考》，用日记等诸种史料中记载的天气情况，考察江户的气象。当然过去没有精准的观测数据，只能作十分概略的探讨。读江户时纪州藩儒者川合小梅的日记，每日记载天气、月相，也常被人视作气象学资料。与中国清代官方有每日不辍、汇编成册的《晴明风雨录》不同，江户时代并没有官方逐日记载的气象资料。江户后期不乏对气象关心的学者，如下总国古河藩（今茨城县）第四代藩主土井利位曾利用荷兰进口显微镜观察雪花结晶，著有图谱《雪华图说》，一时雪花纹样大为流行，街中女子衣裳、浮世绘中的衣裳、砚箱、剑镡，皆有飘飞的雪花。去年冬天在东京印刷博物馆，见到展览的一册《雪华图说》，十分精美。而当日，恰好是东京初雪的日子。

可惜明治以来，旧历尽废。许多旧时节日，略取权宜之策，径改作新历。这固然是近代化成功的标志之一，而于物候之观察，未免有些妨碍。譬如端午，本该是榴花照眼、菖蒲如剑的夏初雨季，改作新历，还只是杜鹃的季节。幸而鲤鱼旗在晴天下招展，却也相宜。譬如七夕节，本该是盛夏夜，小儿女仰望璀璨星河，改到新历7月7，常在梅雨时，倒是竹梢淅沥的雨滴，略略应景。而盂兰盆节，将旧历七月半改在新历8月半，于时令大抵相符。常听周围日本年轻人对旧历颇为诧异，那是他们的成长经历与记忆

天保三年（1832）刊爱日轩藏板《雪华图说》（日本国立国会
图书馆藏）

中从未存在过的体验，是中国、朝鲜、越南等异国才有的风俗。曾与老师感慨过这一点，他笑，你可知某老师的女儿，高中时有一天回家，非常真诚地对父亲——这位著名学者说："papa，原来美国跟日本打过仗耶！"社会环境无可避免地发生改变，老人逝去，孩童长大，根植于原有社会环境的记忆将以惊人的速度被遗忘，因此需要新的描述与阐释，或者重新回到复原的环境，去唤醒身体内的记忆。我的好朋友香织，近来向我感慨："外婆熟悉农时，会看云识天气，我觉得好神奇。跟她住了一阵，突然意识到，原来旧历的气候变化，有时惊人地准确。你以前跟我提旧历，我没有特别感受。最近才有切身的体验。"

与师兄提及，我喜欢看天气预报，喜欢读天气预报士的专栏文章。他说："不如你也去考吧！也可以写专栏，做天气预报小姐，啊哈。"笑得非常欢乐，的确是一个很好的理想。

松如

2月17日

「过了三竿仍未起」

嘉庐君：

前几日京都骤暖，日间高达十五度，林间鸟声宛转，似有氤氲春气。雨水之后，当真有几场温润的春雨，却不料今晚忽而降温，深夜竟飘起大雪。心里倒有些雀跃，天冷一些，说明冬天还没有彻底远去，假期似乎还很长，也不会有强烈的紧张感。

近日因为经济困境，兼之杂事纷繁，没有怎么买书。因为交作业需要，开始读一些荻生徂徕的资料。从前我对徂徕浅薄的了解，没有超出丸山真男对其"近代性思维"的评价。不过早有师兄提醒，对丸山的日本政治思想史研究已有很多探讨与批判，不可以如此简单的概念描述徂徕。而我潜意识中对思想史一向敬远，并未深究。大概是觉得要补的功课太多，无从下手之故。过去关注山井鼎，也是因为他的功绩超越国界，于我而言，这样的研究对象很有魅力。然而毕竟还是无法绕开对他的老师——徂徕的学习。

好在吉川幸次郎曾写过《仁斋·徂徕·宣长》，很可一读。手头虽无此书，但吉川全集中有收录，很便翻阅。一般的日本思想史概论书都会说，江户时期东西两都学问的差别，在于江户的学者更关心政治，京都的学者更为自由、市民化。就两地掌握的资料而言，也是关西地区更注重研究伊藤仁斋，而徂徕学的研究，多集中于东京大学。吉川说，自己年轻时绝对不要读日本汉学家的书，因为自己研究纯然的中国学问，日本汉学这种二道贩子似的学问，绝不要沾，惟恐受到污染。不过三十岁之后，想法渐渐不同。而狩野直喜也曾鼓励大家对江户儒学家略作关注。其实狩野这一辈的学者，大多出自儒学之家，虽然自己身处新时代，用新研究法，但与旧学问有不可割断的血缘关联。故而狩野对江户儒学也一向关心，但再年轻一辈的学者的感情已完全不同。吉川是在很偶然的情况下，在车站书店邂逅了岩波文库一册本居宣长的文集，大为惊叹，认为宣长不仅对中国诸事有极准确的解释，汉文读法极高妙，所作诗文极精彩，最关键是学问方法非常出色。优秀如吉川，出身一流大学，在中国留学时接触的也是一流学者，理所应当认为与前代旧学者决然不同，却不得不承认前代学者水平竟如此高，连研究法也丝毫不逊今人，从此才以平和开放的心态接触日本汉学。而他以中国学的专业背景研究日本汉学，比之中国学素养单薄的日本学领域学者自有独到之处，故而这一系列文章非常好读，结论也很令人信服。连吉川对日本汉学都曾经如此轻视，也难怪中国学者对此无大兴趣。不过，倘若稍稍放下臧否的态度，纯以好奇心为动机，却是很好的学习机会。

徂徕很重视汉语学习，门下弟子据说汉语水平都很高。他认为日本学术糟糕之处在于训读法，完全曲解经典。若不能以唐音诵读经典，则不可能真正理解经典。从前漫然了解过这点，并无特别感受。近日重读山井鼎校勘笔记，忽而发现有一条，认为某版本"周礼"与"州里"相混之误，是因二词同音。但日文中，"礼"与"里"的发音完全不同，一眼能看出这两个词同音，足可说明他的汉语水平，也充分说明了徂徕对汉语教育的重视。但凭这一点，就与汉语极好的吉川称得上异代知己。

假期以来，白日无事，夜里总是睡得很迟，第二天当然也起来很晚。昨日偶尔读到梁川星岩一首诗，题作《晏起》，有"窈窕被窝春气王，氤氲炉霭晓风轻。读书窗白灯无影，扫雪僮寒帚有声。过了三竿仍未起，谁云日出事还生"之句，正是我目下写照。虽无扫雪之僮，但清晨山中总有人扫拂阶上落叶，十分勤勉。枕上听得真切，人却还在梦里。晏起很愉快，并无不是，除了送垃圾的日子——

新居窗前四季

山里垃圾车来，只在周一、周四早上八点至九点半之间。垃圾袋不可提前放出去，因为附近动物太多，前来翻检一通，满地狼藉，后果严重。到了日子，清晨我总在做爬起来到楼下送垃圾的梦，情节极真切，甚至感受到呵气成霜的寒冷。但遗憾的是，已有好几次，醒来发现垃圾袋根本没动，垃圾车却早杳然。大觉怅然，枉担了梦里吹过的冷风。此刻窗已将白，匆匆不多写罢，等你来信。

松如

2月21日凌晨

初春之海

嘉庐君：

　　2月的最后一天，天气依然很冷。黄昏去学校，研究室架上很多书尚未读，新学期不远，免不了买新书，在此之前，应当尽早将未读之书消化才好。

　　老师常说，学者写多了论文，大抵世界会越来越狭窄，除却自己的领域，很难再读其他书籍，因此往往变得越来越无知，值得警醒。没有人愿意变得无知，只是精力所限，过早顺从于惯性而已。

　　晚饭前翻完了去年秋天买的汤川秀树文集《书中的世界》。这是岩波新书的旧册新刊，原为汤川晚年为杂志《图书》撰写的小专栏，共二十篇，并一篇为NHK电台播送所撰写的自传。对汤川的父祖、兄弟、整个家族，素来深有兴趣，去年终于将贝塚茂树、小川环树的文集买齐，今年元月1日的活动，便是携从周兄一起去金戒光明寺访小川家墓地。小川兄弟们从小都与外祖父小川驹橘一起生活，跟随驹橘学习汉文。环树回忆外祖父，说他虽学英文，又在银行工作一生，但并不是真正的"维新人"，心还是江户儒者。国内的清遗民研究已很发达，而印象里风云激荡的明治维新下的江户遗民研究，却是很少听说。太平洋战争中早逝的幼弟滋树之外，环树年纪最小，四书五经没有全部读完，还没来得及进入史部，外祖父就去世了。他们兄弟都回忆过在外祖父跟前启蒙的往事，而环树总是遗憾启蒙的时间太短。茂树、环树的专业，与这段生活有很深的关系。秀树虽为物理学家，汉学修养也影响一生。他的随笔平易隽永，从前读《旅人》时便印象极深。他总说自己厌世，少年时最爱的书又是《庄子》，因此文章比茂树、环树又多一分距离感与深沉，我非常喜欢，且随意胪举数段，与你分享。

写《山家集》和《伊势物语》的那篇，很温存：

　　我家不仅孩子多，还有老人，因此母亲常年劳于家事。父亲又因研究和旅行耗费了大半时间。能与父母一起玩耍，实在非常难得。而只有正月不一样，母亲会同我们一起玩家族花牌游戏。帮我们读花牌，是父亲对我们唯一的服务。而百人一首中，他有几首读法很奇特。别的都不记得了，只有把"决绝世烦恼，无道高静栖；寻入山深处，犹听鹿悲啼"（友人曾维德译）的下句念成"山君之夫人，乃被鹿噬咬"，如今还记得很清楚。如此，小学时代就通过百人一首接触了和歌，但阅读《万叶集》还是很久之后的事。百人一首里，很多都不能一下子明白意思。孩童时期固然有很多不明白的，如今也有不能完全读懂的歌。过去的花牌，字与绘画都很精美。小时候不知道和歌的意思，就对画儿感兴趣。单看画儿，也明白歌人大致分为三种。着僧衣的和尚、穿十二单的女人、戴冠或者乌帽子的男人。……和尚当中，很早就在我心里留下印象的，是西行法师。

⋯⋯⋯⋯⋯⋯

到中学时代，读了有朋堂文库中的《山家集》。记忆中总与冬天有关。寒冷刺骨的京都午后，从学校回来，钻到屋中的被炉里，边剥橘子，边读《山家集》的回忆，一直留在我心里。对中学时代的我而言，自然不知和歌的好坏，也不觉得西行的歌特别好。只是喜欢的和歌、有趣的和歌，较之其他歌人要多得多。大概是因为多不讲究细致的技巧，很好理解，能够直抵中学生的内心吧。那段时期，我已变得厌世，在学校也倦于结交朋友，心中始终被孤独感占据。正因为是这种状态，西行的和歌对我影响尤为深刻。

与之呼应，有一篇写《唐诗选》，正是吉川幸次郎多次提及的徂徕弟子服部南郭校订出版的江户时代畅销书：

最近，造访了阔别数年的栂尾高山寺。在石水院纪念帖上写下：再访石水院，此番无有石楠花。杜鹃盛极，稍呈衰势。河鹿蛙声中，落日照见对岸的红松。写完之后，在廊下的椅子内少坐。静静眺望中庭，心中有莫可言说的快乐。这时，想起一首诗："山馆长寂寂，闲云朝夕来。空庭复何有，落日照青苔。"回家翻《唐诗选》，却不见此诗。再看简野道明所著《和汉名诗类选评释》，方知是中唐诗人皇甫冉所作。

....

我成长过程中，最早读到的有关诗的书，是《唐诗选》。正月游戏的百人一首，是更小的时候就熟悉的。而阅读前文所述《山家集》、《伊势物语》，又或《古今集》、《万叶集》等和歌集，是很后来的事。接触西洋诗歌，则要更晚。最初读到的《唐诗选》，是线装书，薄薄的一册，共十多册。封面是美丽的黄色，翻开的扉页是中国风格的朱色。当中插图很多，是北斋风格的健劲笔势，画了中国的风景、城塞、骑马的武将，等等。也有好几个汉字不认识，在理解诗歌方面，对于尚年幼的我而言，《唐诗选》是与《三国志》、《水浒传》很相似的。

京都高山寺石水院今貌

讲西洋诗集《海潮音》的一篇，起首是：

> 外国人若要理解外语撰写的诗，原本是非常困难的。前章对唐诗发表了很任性的意见，在中国人看来——或在日本专家看来，无疑是不足取的门外汉感想。西洋诗又是如何？姑且限于英语、德语、法语诗来说。我在学校学过这些外语，至少有关自然科学的方面，我可以像与日语所写的内容一样，同等程度地清楚理解。甚至有时英语之类所写的内容，意思要比日语更为明确。但在文学领域，事情就完全不一样了。

写橘南谿《东西游记》的一篇，我也喜欢。作者是江户时代的医生，从前应该跟你提过，他的墓地也在金戒光明寺内。此书是他游历日本诸国的纪行，平凡社东洋文库有收，我很爱读。汤川赞美他的文章是十分优美的散文，韵味极佳，甚至譬作自己所爱的京都料理中的豆腐之味。汤川对江户学者文人的兴趣，与他的外祖父应有关联。而汤川对江户学者文人理解之精深，也足知江户遗民驹橘对孙辈的教育何等用心。

写《源氏物语》的一篇，忆及二姊妙子：

> 是我读小学高年级时的事。二姐从女校毕业，进入

高等科,专攻国语、汉文。回家后整理笔记,竖行书写的笔记上用茶、绿二色写了漂亮的假名,是誊抄学校课上所授《源氏物语》的讲义。当时我尚未读过《源氏》,因此只能想象,那里应该描绘着只有女性的优美世界。

…………

那之后大约过去了二十余年。我三十多岁时,有一阵要往返于阪神之间的家与京大。当时必须坐电车。早上还好,归途实在倦累,不想读专业书。忽而想到读有朋堂文库的《源氏物语》。开始到底还是觉得难懂,每天在电车里读一小时,渐渐觉得有趣味。就这样,也不一一留心是谁的话,谁的行动,或者文章的构造,竟然就单纯地走进了物语的世界。不过,那个世界与我迄今所读的书籍的世界,是完全异质的。与托尔斯泰、陀思妥耶夫斯基等巨著构造的西洋世界不同,与中国传奇小说、日本草双纸的世界亦不同。就这样,像我曾经沉浸在其他世界里一样,这一次,《源氏》的世界令我暂时忘却了现实的世界。

最后一篇自传,信息量大略没有超出《旅人》,笔致极为诚恳。当中有关读书的段落,令我心折:

父亲(琢治)兴趣极广泛,对某事产生兴趣后,就会搜罗该领域所有的书籍。二三年间专注于此，然后再有新的兴趣，买下一切必要的书，穷尽和洋图书，乃至汉籍。于是家中全是书，完全是在书里生活……而学者就是这样的吧。像某种蜗牛，不仅蓄积可见的书籍，还蓄积可见的种种知识，始终背负着与之相伴的先入或固定观念，只好缓缓前行，这就是学者吧。总之我也读了很多书。随之而来的是变得厌世，这与避世、厌倦世界等情绪略有不同，而是不太想跟世界保持往来，只要能学自己喜欢的东西，就可以了。

3月即将到来，拟作大分、下关、东京之游。诸事纷繁，又恐伤春，故而格外珍惜目下清寒。前日进城，在三条河原町商场，见到温柔灯光下，拙朴硕大一只花器，无限绚烂地插满纷披的雪柳，满心惊叹，徘徊良久。前一次进城，这只花器里还是清瘦的绿萼梅。光阴何速！心中无来由闪过一个不相干的词：初春之海。此地距海甚远，大约是说这花海与人海罢。匆匆不尽，即颂

春安

松如

2月28日

闲书

嘉庐君：

前日才同你说，要将此前买下而未读的书消化掉，才可以买新书。然而今天就去了学校书店，进行了愉快的消费。起先只是应公事之需买下村上春树的新著。想想来一趟书店，总该好好看看再走。路过文库本区域，想起汤川秀树推荐的《山家集》，就拿了一册前几年新编的《西行全歌集》，又发现山川菊荣一册《女子两代记》。冈本老师的新著《中国之诞生》，月底读书班需要，自然也要买。结账途中，发现"别册·太阳"新刊《了解京都100章》。京都话题的杂志与书，怎么出都出不尽，犹豫片刻，还是买下。倘若如今北京还有出不尽的《燕京岁时记》、《日下旧闻考》之类，便好了。

西行的句子，很多咏京都，非常亲切，当中咏北白川者，更觉喜欢。《山家集》下有一首，序云："八月满月之时，深夜造访北白川，过某高门，忽闻何声，驻足侧耳，音节动人，乃《秋风乐》是也。觊望中庭，芒草清露，明月可爱。簌簌荻风，夜凉侵衣，遂入其门。"歌曰："秋风袭人，尤因此曲，明月今宵，朗照空庭。"《秋风乐》为雅乐名曲，属盘涉调，有别名《长殿乐》、《弄春乐》，与《长生殿》的故事相关，不知何时传入东国。《源氏物语》之《红叶贺》一帖云，承香殿所育第四皇子尚为孩童时，即能作《秋风乐》之舞。

和歌的趣味，与汉诗很不同。个人浅薄的感受，认为汉诗音韵铿锵，结构整然，而和歌长短摇曳，单听到一个音节，并不会知晓太多信息，惟有听完整句，才知何处有汉字，何处为双关，画面才会在眼前缓缓浮现，悠长起伏。非要类比，大约像小令，但也不够贴切。

水户藩儒者家庭出身的山川菊荣，跟你提过好几次，一向喜欢她的文章，不论是作为了解江户时代儒者之家的史料，还是因对其于女性解放运动之贡献的尊敬。《女子两代记》是菊荣与母亲千世的自传，之前已有平凡社东洋文库本，收入岩波文库则是最近几年的事。随意挑拣数段与读书、教育有关者："为迎接家人到东京，父亲替千世虑及方方面面。譬如去女子学校，梳岛田髻恐怕不行，宜改作银杏髻。要把《唐诗选》、《论语》、《大学》等书带上。""千世终于如愿进入上田女学校，梳唐人髻，着仙台平袴，是当时标准女学生的样子。坐椅子也是生来头一回。开学第一日，日语好得可怕的美国女老师给大家指出地球仪上日本的位置，以及地球自转之法，仿佛生来头一回开眼开世界，胸中涌起一生难忘的感激之情。""中村正直先生上了一门《文章轨范》的课，并不追究字句末节，重在掌握文章精髓，那样生动有趣的课程，千世直到临终前九十岁时，依然会回忆云，先生的声音今犹在耳。""先生熟诵《诗经》等中国经典，当时汉语读音尚崇唐音，先生很是擅长，可与中国人自由对话，兴之所至，还会朗声诵读诗文。当中以韩退之的文章最为熟稔。同人社教师中，还有清国来的学者王治本。""《唐诗选》、《古今集》、《新古今集》等等，母亲（千世）时常成诵。特别是《唐诗选》中之五绝、七绝，以及《新古今集》中秋冬之部，还有祖父手制的自水户时代开始就有的歌牌。正月时，家人要晾晒书籍，即'虫干'，这些诗歌也就默默都背下来了。"凡此种种，与前日所云汤川秀树的少年回忆，恰可呼应。若干年前曾感慨，如果有汉诗主题的百人一首就好了，不想的确是有的。据吉海直人先生的研究，戊辰战争之前，会津藩士之间有一种唐诗歌牌游戏，将《唐诗选》中的五言绝句的起承两句写在歌牌上。后来这种游戏就不见有人玩了。江户后期，有好几家书店刊刻出版过汉诗歌牌，譬如嵩山房小林新兵卫曾出版《唐诗选歌牌五言绝句》，将《唐诗选》中七十四首五言绝句做成歌牌，共七十四组，一百四十八枚。另有一百六十五首七言绝句，共三百三十枚，也有精选当中四十八首，共九十六枚的。这也足见《唐诗选》流行之盛，堪比本土的《百人一首》。如今只有三重县桑名市还有汉诗歌牌的传统，据说这是陆奥白河藩第三代藩主松平定信到桑名藩就职时带来的风习，但具体情形如何，恐怕已不可考。

提及水户，想起昨日你发来的人见竹洞贺寿资料。那位拍卖主人持有许多水户藩的史料，或许与名门旧家之后关联密切。去年曾听某老师称，茨城当年遭受空袭，颇为惨烈，资料多化作灰烟。而近年拍卖场、旧书店渐有水户旧物流出，想是当初在空袭与战争中躲过一劫的烬余，颇值关注云云。

读闲书委实愉快，时间不早，春夜渐短。今日见示"闺门内许多风雅"之闲章甚妙，我所持的几枚闲章，无一例外都是现成买的小猫咪章。今后若请人刻，拟作"我是猫奴"、"猫儿封我大将军"等语，一笑。匆匆。

松如

3月2日，周四

扫苔之趣

嘉庐君：

近日为整理文稿之用，往山中寻访宇野士新、士朗兄弟墓。士朗墓在金戒光明寺，小川善明著《京都名墓探访》已指明地图，应该容易寻到。而士新墓据说在"极乐寺"，暂未访得。京都有多处极乐寺，家附近的真如堂，叫作"真正极乐寺"，墓园阔大，名家甚多。起先我以为明霞先生葬在这里，细细寻找了两回，找到了江户中期儒者石川麟洲的墓，却不见明霞。近来墓园遍开水仙、瑞香，山风送来阵阵冷香，是早春清寂风光。而墓前已有人供奉桃花枝。堆叠如山的无缘墓石碑之侧，有好大一株白梅，香雪满天。细看苍苔遍布的无缘碑石，数百年前亡人的戒名，譬如"春山晓梦童子"、"凉月信女"、"幽邃轩居士"，皆取清幽缥缈的汉字。还有一方祈祷爱犬转世的石碑"山井家爱犬传生"，与人的石碑同样大小，足可想见

水仙

该犬生前受到主人怎样的喜爱。

距此不远，还有一处极乐寺，与迎称寺、东北院连作一片，毗邻真如堂、金戒光明寺，不知何故，极为萧条。迎称寺的胡枝子很美，秋天的时候，总有人驻足土垣，感叹花枝的繁密。极乐寺内有古井一口，边上立着卖墓石的广告。见到一方墓碑，挂着一张经风吹雨蚀而字迹十分淡薄的告示："可有人能联系上墓主后人，倘若无人认领，本寺将于某年某月某日认定此为无缘墓。"这个最后通牒的日期，距今已过七年。墓主后人依然没有找到，而寺庙倒也没有立即无情地移去墓石，大概也因为墓地生意平平的缘故。寺内有一座小公寓，是寺庙经营不善，将土地租借或转让给房产公司，也是常见的做法。

东北院颇值一记。即谣曲《东北》所歌之处，为藤原道长之女，一条天皇皇后彰子发愿所建，几经焚毁、移址、重建，元禄年间迁至今址。据云和泉式部曾于旧寺轩端植梅一株，即所谓轩端梅者。《东北》中讲东国来的僧人，行至东北院，见大梅树一株，又有女子现身，云此梅应唤作好文木、莺宿梅。院中僧人闻此，谓东国僧人云，此乃和泉式部之灵，宜虔心悼念。东国僧人遂颂法华经，和泉式部再度现身，云已成佛，乃司歌舞之菩萨。后来僧人梦醒，复不见和泉式部身影。此是我很喜欢的故事。

而今寺内尚有白梅二株，据说是和泉式部手植轩端梅的分枝，就当是如此吧。寒风中转了一圈，冷得无言以对，可见春来尚早。徘徊之下，天色已晚，踽踽返家，吃过饭，才觉得身体渐渐暖和过来。

访墓的兴趣，是到京都之后才有的。大概是京都寺庙幽寂的氛围，整洁的墓碑，使人并不觉得可怕，加上我所爱的山井鼎也特爱访墓，更为我的行动增添了正当性。不过多半还是独自行动。山井鼎与同门徒步往镰仓旅行，沿途逢墓必访，饶是热爱古迹的同门也有些受不了，毕竟大家兴趣并非完全一致。有些地方寻找起来非常费劲，只有自己事先确定了场所，下次领着感兴趣的人去，才不致浪费对方的时间。想起去年夏天，与从周兄到庐山游玩，我想寻找俞大维家的片叶庐，整整两天，二人漫山遍野搜

$$\frac{1}{2}$$

1. 东北院
2. 东北院轩端梅

索，终归不曾寻得。我心中十分愧疚，虽然从周兄对此也感兴趣，并不会怪我。

因此，特别感激同有扫苔之癖的人们编出的访墓指南，譬如从前山本东海编的汇文堂藏版《平安名家墓所一览》；又如小川善明的《京都名墓探访》，在各处墓园平面图上细细标注方位，非常好用，可知作者地毯式调查、寻访的辛苦及用心。不过这是辞典式的条目汇编，对于墓碑的铭文、墓主的信息没有许多介绍，也看扫苔者各自的兴趣。

去年6月在东京，碰巧路过青山一带，看地图时心中大喜，著名的青山灵园就在附近，就是《其后》里，代助父亲令少年代助夜里去练胆的地方。当下查了网上的"扫苔指南"，成功访得北里柴三郎等近代史上重要人物的墓所。墓园内也有很大的"历史墓所指南"地图，皆有编号，

《增订平安名家墓所一览》与《续平安名家墓所一览》

可按图索骥。青山灵园是近代以来新开辟的大型公墓，几乎可以当成学习维新史、近代文学史的教育场所。墓地气氛与京都寺庙的墓地大不相同，那些政治家们的墓碑往往大得惊人，铭文也长得过分。学者文人的墓则要文雅低调许多，很有意思。

又想起去年3月初，正是眼下的时节罢，在父亲带领下，一家去常熟游玩。他们也纵容我，全听我的兴趣，在冷雨中看过铁琴铜剑楼，访钱谦益、柳如是、瞿景淳诸氏之墓。又路过翁氏故居，前后玉兰、桃李、菜花开遍，清静无人。黄昏至兴福禅寺，山光潭影，令人忘忧。寺前有阿婆卖新笋，买了几颗带回家，当夜母亲清炒给我们吃，难忘的美味。我在家乡实未待过多久，远游经年，许多地方都不曾去过。偶尔回家，即如客人一般，回想起来，格外眷恋。

方才，研究室有同学从镰仓回来，恰也谈及东庆寺、圆觉寺的名人墓，大家兴趣很接近，都喜欢独旅。这样可以独自品尝旅中寂寞枯燥的部分，单将有趣的发现与人分享，是羞涩又容易压力大的人们共同的选择，此处可会心一笑。

松如

3月7日凌晨

后　记

　　2011年秋，来京都第三年，嘉庐君问我，要不要在他的《江海晚报》写个专栏，用通信体，篇幅不要长，讲一讲见闻琐事，分享给故乡的读者。报纸刊出，嘉庐君会攒好几期，连同稿费一起寄给我的父母。他们在熟悉的本地报纸上读到我的短文，觉得很亲切。据说也曾收到读者投诉，称内容不知所云。幸有嘉庐君宽容，不管我写什么，都刊出来。中途屡有停顿，转眼至今，竟有百篇之数。除去已在其他书里谈过的话题，拣出四十四通，贯穿七年，编作此书。专栏名原作"京都通信"，今题作"京都如晤"。感谢史睿老师赐题书签，我们在北京与京都的相逢，都是珍贵的回忆。

　　头几年的话题散漫琐碎，但也作了保留，因为后来很难有那样天真愉悦的好奇心。不过早年谈到的梅酒，后来年年都会泡，是五六月间不可少的"年中行事"。平常独居，很少想到喝酒。友人来时，恰可招待。当初因《小梅日记》、猫站长阿玉而对和歌山怀有格外的好感，后来邂逅山井鼎，对《七经孟子考文》产生兴趣，又去过几回和歌山。有一回拜谒昆仑墓归来，在遍植橘树的山坡上狂奔，拼命去赶一小时一班的电车，那些不曾在信中记录的细节，回想起来，很觉得快乐。往事历历，能看到自己兴趣的发生、深入，又或转移、变化，也能看到自己始终处于读书太少、学无进益的惶恐与惘然中。

在这里的若干年内，前后搬了三次家，总没有离开北白川、银阁寺的区域，因为倾慕罗、王旧迹，又喜爱人文研分馆。去岁初春以来，与朋友书店做了邻居，附近还有善行堂、竹冈书店，上下学途中，看书更为便利。清晨，听到旧书店开门劳作的声响，觉得是一天很好的开始；深夜，听到旧书店主人落下卷帘门的动静，总被他的刻苦、勤勉鼓舞。窗前一屏青山，令我体会到温和静默的凝望与关怀。作为成长、阅读轨迹的记录，"京都通信"还在继续。因不知何时离开此地，山中的读书岁月也更值得宝爱、珍惜。

丁酉蒲月初三，枕书记于北白川畔